國家圖書館出版品預行編目資料

白居易絕句研究（下）／張健 著 — 初版 — 新北市：花木蘭
文化出版社，2014〔民 103〕

目 24+144 面：17×24 公分

（古典詩歌研究彙刊 第十五輯：第 4 冊）

ISBN 978-986-322-592-8（精裝）

1.（唐）白居易 2. 唐詩 3. 絕句 4. 詩評

820.91 103001193

ISBN-978-986-322-592-8

9 789863 225928

古典詩歌研究彙刊
第十五輯　第四冊　　　　　ISBN：978-986-322-592-8

白居易絕句研究（下）

作　　者　張　健
主　　編　龔鵬程
總 編 輯　杜潔祥
副總編輯　楊嘉樂
編　　輯　許郁翎
出　　版　花木蘭文化出版社
社　　長　高小娟
聯絡地址　235 新北市中和區中安街七二號十三樓
　　　　　電話：02-2923-1455／傳眞：02-2923-1452
網　　址　http://www.huamulan.tw 信箱 hml810518@gmail.com
印　　刷　普羅文化出版廣告事業
初　　版　2014 年 3 月
定　　價　第十五輯 20 冊（精裝）新台幣 30,000 元

古典詩歌研究

第 十 五 輯

龔鵬程 主編

第 **4** 冊

白居易絕句研究（下）

張　健　著

白居易絕句研究(下)

張　健　著

目次

陸、詠物

一、題流溝寺古松

　　煙葉蔥蘢蒼塵尾，霜皮剝落紫龍鱗。

　　欲知松老看塵壁，死卻題詩幾許人？〔註236〕

　　此詩約作於貞元十六年（800）以前。

　　流溝寺，在符離流溝山，今安徽省宿縣。

　　首二句全部描寫古松，分三個單元：煙葉蔥蘢，蒼塵尾（用喻），霜皮剝落－紫龍鱗（喻依），已可說是面面俱到了。

　　松之壽命，豈止百年，故有三、四兩句：欲知其高齡，試看寺中蒙塵之壁，多少題詩者早已仙去！

　　如此詠松，亦云奇矣妙矣。

二、蕭員外寄新蜀茶

　　蜀茶寄到但驚新，渭水煎來始覺珍。

　　滿甌似乳堪持玩，況是春深酒渴人！〔註237〕

　　此詩作於元和五年（810），居易三九歲，在長安，任左拾遺，翰林學士。

　　首句破題，多一「驚」字，便生色不少。

　　次日述煎茶之材料及過程。

　　三句承之，以「乳」喻茶，「堪持玩」恰好上接「始覺珍」三字。

　　四句明言以茶代酒。「渴」字遙應首句之「驚新」。

三、暮立

　　黃昏獨立佛堂前，滿地槐花滿樹蟬。

　　大抵四時心總苦，就中腸斷是秋天。〔註238〕

　　此詩作於元和九年（814），居易四十三歲，在下邽。

　　此詩亦可列入抒情類。

〔註236〕同上，頁779。
〔註237〕同上，頁844。
〔註238〕同上，頁856。

首句寫時空及作者之動作。

次句詠物：槐花及蟬，作主角之陪襯。

三句一轉：心苦。

四句一合：秋最苦。「腸斷」爲「心苦」之另一種說法。

落花、蟬聲，合成苦境。

三、聞蟲

闇蟲唧唧夜緜緜，況是秋陰欲雨天。

猶恐愁人暫得睡，聲聲移近臥牀前。〔註239〕

此詩亦作於元和九年。

首句破題，以「夜緜緜」烘襯之；「夜」又上應「闇」。

次句加碼：秋陰欲雨。

三句承而似轉，把秋蟲徹底擬人化：似乎是一個惡作劇的頑童。

四句完足其意：一聲聲，一步步，逐漸移近我之臥牀前，以干擾我之入睡。

詠物中有抒情焉。

四、賦得聽邊鴻

驚風吹起塞鴻群，半拂平沙半入雲。

爲問昭君月下聽，何如蘇武雪中聞？〔註240〕

此詩作於元和十年（815），居易四十四歲，在長安，任太子左贊善大夫。

首句破題，「驚風」隱「驚鴻」，好。

次句細寫「起」之情狀，一半貼地，一半上天。

三、四句連用兩古人（且皆爲漢人）典故，卻用了「爲問」、「何如」的問句架式，十分別致。

〔註239〕同上，頁858。
〔註240〕同上，頁900。

五、看花屋

　　忽驚映樹新開屋，卻似當簷故種花。

　　可惜年年紅似火，今春始得屬元家。〔註241〕

　　此詩作於元和十年（815），居易四十四歲，在長安，任太子左贊善大夫。

　　此詩爲「和元八侍御升平新居四絕句」之一，時二人卜鄰而居。元八，元宗簡。升平新居，在長安朱雀門街東第四街升平坊。〈哭諸故人因寄元八〉詩（卷十一）：「早晚升平宅，開眉一見君。」足見二人友誼之篤。

　　首句寫升平新居，用「驚」、用「映樹」，足以爲新宅添威。

　　次句補足之。「故」字有味。

　　三句一轉，詠物甚工。

　　四句一合，似遺憾實滿足。

六、白牡丹

　　白花冷澹無人愛，亦占芳名道牡丹。

　　應似東宮白贊善，被人還喚作朝官。〔註242〕

　　此詩亦作於元和十年，仍任太子左贊善大夫。

　　此詩明爲詠物，實爲牢騷詩。

　　首句寫花色及其情狀。按胡武平詠白牡丹詩云：「璧堂月冷難成寐，翠幄多風不耐寒。」可爲旁証。「無人愛」三字未免誇張。

　　次句言憾。

　　三句一轉，自抒。

　　四句一合，是滿腹牢騷！

〔註241〕同上，頁903。

〔註242〕同上，頁918。

七、戲題盧秘書新移薔薇

　　風動翠條腰嫋娜，露垂紅萼淚闌干。

　　移他到此須爲主，不別花人莫使看。〔註243〕

此詩亦作於元和十年。

首句描寫薔薇，生動。

次句再添一筆，用尋常比喻，尚可。

三句一轉，「須爲主」力勁。

四句繼之，合得圓滿。「不別花人」，不識花之人也。

八、紅鸚鵡（商山路逢）

　　安南遠進紅鸚鵡，色似桃花語似人。

　　文章辯慧皆如此，籠檻何年出得身？〔註244〕

此詩亦作於元和十年。在長安至江州途中。

首句說鸚鵡之出生地，次句描寫牠的顏色及語言，二用喻。

三句一轉，似落實在自己身上。

四句一合，完足其義。

按此時居易正被貶江州司馬，滿腹辛酸和牢騷，再藉外物抒發之。

九、白鷺

　　人生四十未全衰，我爲愁多白髮垂。

　　何故水邊雙白鷺，無愁頭上亦垂絲？〔註245〕

此詩亦作稱元和十年，赴江州途中。

首句直說，次句承而似轉。「愁多」爲因，「白髮垂」爲果。

三句一大轉：見水邊一雙白鷺。

四句一合：以問爲答：頭白如我，何故哉？

大自然萬事萬物，本多不可思議者。反過來說，可能居易之白髮，亦不因愁乎！或白鷺亦自有愁焉。

〔註243〕同上，頁919。

〔註244〕同上，頁935。

〔註245〕同上，頁937。

十、題廬山山下湯泉

　　一眼湯泉流向東，浸泥澆草煖無功。

　　驪山溫水因何事，流入金鋪玉甃中？〔註246〕

　　此詩作於元和十一年（816），居易四十五歲，在江州，任江州司馬。

　　首句用「一眼」起興，破題有力。

　　次句說湯泉之實態，下三字似微帶諷意。

　　三句跳開，用驪山華清池溫泉之典。

　　四句續之，流入金鋪玉甃，卻造成盛唐危機？寧是溫泉之罪耶？此與「無功」遙遙相應。

　　按溫泉在廬山山南，闊三步，深三尺。

十一、階下蓮

　　葉展影翻當砌月，花開香散入簾風。

　　不如種在天池上，猶勝生於野水中。〔註247〕

　　此詩亦作於元和十一年。

　　首句三節：葉展、影翻、當月，已盡階下蓮之風韻。

　　二句續之，稍補其姿，兼及其氣息。

　　三句一轉：種天池。

　　四句一合：勝生野水。

　　全詩借題發揮，又抒懷才不遇之感慨。

十二、廳前桂

　　天台嶺上凌霜樹，司馬廳前委地叢。

　　一種不生明月裏，山中猶校勝塵中。〔註248〕

　　此詩亦作於元和十一年。

　　首句說桂之出身。

　　次句謂桂已入己廨。

〔註246〕同上，頁 999。
〔註247〕同上，頁 1004。
〔註248〕同上，頁 1013。

三句一轉，表憾意。

四句一收，稍作轉圜。

塵中（司馬廳前）、山中、月裏，爲下、中、上三境；惜哉，奈何！

司馬亦在塵中！

十三、戲問山石榴

　　小樹山榴近砌栽，半含紅蕊帶花來。

　　爭知司馬夫人妬，移到庭前便不開。〔註249〕

此詩作於元和十二年（817），居易四十六歲，在江州，任司馬。

首句寫石榴之生長位置。

次句寫其風姿。

三句一大轉，搜出自己的夫人來。「妬」字乃無中生有，卻使全詩生色不少。

四句亦是迷中生有。好自移植一花，何致花不開？

此詩諧趣十足。

十四、點額魚

　　龍門點額意何如？紅尾青鬐卻返初。

　　見說在天行雨苦，爲龍未必勝爲魚。〔註250〕

此詩作於元和十三年（818），居易四十七歲，仍在江州。

首句寫一傳說：鯉魚跳龍門（在洛陽西南），上之則點額成龍。

次句寫現實中的魚。

三句一承亦一轉：龍亦有苦處。

四句一比一合：不如仍爲魚。

此詩或顯示居易另一種人生領悟：爲下僚或比爲天子爲大臣好些。

〔註249〕同上，頁1053。

〔註250〕同上，頁1080。

十五、畫木蓮花圖寄元郎中

　　　　花房膩似紅蓮朶，豔色鮮如紫牡丹。

　　　　唯有詩人應解愛，丹青寫出與君看。〔註251〕

　　此詩作於元和十四年（819），居易四十八歲，在忠州，任忠州刺史。

　　首句破題，用一喻。

　　次句以花色爲重心，又用一喻。

　　三句一轉，自抒。

　　四句合題，照應周全。

　　三句之「愛」不可輕易放過。

　　元郎中，指元宗簡。

十六、江邊草

　　　　聞君澤畔傷春草，憶在天門街裏時。

　　　　漠漠凄凄愁滿眼，就中惆悵是江蘺。〔註252〕

　　此詩亦作於元和十四年，爲「和萬州楊使君四絕句」之二。

　　天門街，即長安承天門街，門外之南有南北大街，曰承天門街。

　　楊使君，萬州刺史楊歸厚。

　　首句若眞若幻，次句回憶長安往事。

　　三句一轉，實爲全詩重心，七字描盡江邊春草之情狀。

　　四句又特別點出江蘺，作爲江邊春草之代表。「惆悵」代上句之「愁」。

十七、嘉慶李

　　　　東都綠李萬州栽，君手封題我手開。

　　　　把得欲嘗先悵望，與渠同別故鄉來。〔註253〕

　　此詩乃和楊使君四絕句之三。

　　首句寫嘉慶李之出身。按洛陽嘉慶坊內有李樹，其實甘鮮，爲京城之美，故稱嘉慶李。

〔註251〕同上，頁1166～1167。

〔註252〕同上，頁1173。

〔註253〕同上，頁1174，下一首同此。

次句說楊歸厚寄綠李子來惠我。

三句欲嘗先望，是兩動作。

四句一合：我與李子同自洛陽來。

借李興嘆，因李懷鄉，兼懷故人－楊氏亦從京城來。

十八、白槿花

　　秋槿晚英無豔色，何因栽種在人家？

　　使君只別羅敷面，爭解迴頭愛白花？

此詩亦作於元和十四年，「和萬州楊使君四絕句」之四。

首句謂白槿花素雅。

次句問其由來。

三句戲謂楊歸厚只欣賞豔女豔花。

四句續之，謂楊氏不懂賞識如白槿花這樣的花種。

此詩稍嫌平淡。

十九、題東樓前李使君所種櫻桃花

　　身入青雲無見日，手栽紅樹又逢春。

　　唯留花向樓前著，故故拋愁與後人。〔註254〕

此詩作於元和十五年（820），居易四十九歲，在忠州，任忠州刺史。

東樓，在忠州城東，居易另有〈東樓〉、〈東樓醉〉諸詩。

李使君，指忠州刺史李宣，元和十一年九月為刺史，其後任為李景儉，再下任為白居易。

首句謂李宣已高升，不得再見面。

次句直寫此櫻桃樹及季節。

三句說明地點。

四句說花拋愁情。「故故」，故意也，頻頻也。

〔註254〕同上，頁1191。

二十、別橋上竹

　　　穿橋迸竹不依行，恐礙行人被損傷。

　　　我去自慚遺愛少，不教君得似甘棠。〔註255〕

　　此詩亦作於元和十五年。

　　首句寫對竹之行動。

　　次句說理由。

　　三句謂己將離蘇州，自愧鮮少遺愛。

　　四句暗用典故：不能如召公之留甘棠，使後人懷思，使汝（橋上竹）亦得雅名。

　　全詩直率，但愛物之心自然流露。

二十一、紫薇花

　　　絲綸閣下文書靜，鐘鼓樓中刻漏長。

　　　獨坐黃昏誰是伴？紫薇花對紫薇郎。〔註256〕

　　此詩作於長慶元年（821），居易五十歲，在長安，任主客郎中，知制誥。

　　首句寫自己作中書舍人，入直西省時情狀。

　　次句寫入直時夜景。

　　三句自問：黃昏誰為伴？

　　四句一合：吾與紫薇花作伴。唐中書省植紫薇花，後世舍人院亦植此，故自稱紫薇郎。

　　花為人伴，即為人友。

二十二、戲題木蘭花

　　　紫房日照燕脂拆，素豔風吹膩粉開。

　　　怪得獨饒脂粉態，木蘭曾作女郎來。〔註257〕

　　此詩作於長慶三年（823），居易五十二歲，在杭州，作杭州刺史。

〔註255〕同上，頁 1206。

〔註256〕同上，頁 1240～1241。

〔註257〕同上，頁 1360。

首句寫位置及花之風姿。

次句繼之，較富動態。對仗頗佳。

三句乃一問。

四句一合，是以花擬人。

三、四句直扣題目中之「戲」字。

二十三、紫陽花

何年植向仙壇上？早晚移栽到梵家。

雖在人間人不識，與君名作紫陽花。〔註258〕

此詩作於長慶四年（824），居易五十三歲，在杭州，任杭州刺史。

詩題下有自注云：「招賢寺有山花一樹，無人知名，色紫氣香，芳麗可愛，頗類仙物，因以紫陽花名之。」詩之文本即發揮此旨。

招賢寺乃唐德宗時吳元卿為鳥巢禪師所建，宋代名禪宗院。

首句誇言仙壇。

次句直說寺院。

三句說人皆不識。

四句謂自為命名。

此時居易心情愉悅，故觸目成趣。

二十四、柳絮

三月盡時頭白日，與春老別更依依。

憑鶯為向楊花道，絆惹春風莫放歸。〔註259〕

此詩亦作於長慶四年。

首句寫時與色。己之白頭與柳絮同一色。

次句寫老人別春。

三句求鶯報訊。

四句留春風，請柳絮幫忙。「絆惹」二字出色。

〔註258〕同上，頁 1394。

〔註259〕同上，頁 1550。

文人遊戲：春風、柳絮、黃鶯，三者一無生物，一植物，一動物，全給擬人化了。

二十五、東城桂三首之一

子墮本從天竺寺，根盤今在闔閭城。

當時應逐南風落，落向人間取次生。〔註260〕

此詩作於寶曆元年（825），居易五十四歲，在蘇州，爲蘇州刺史。題下有序云：「蘇之東城，古吳都城也。今爲樵牧之場。有桂一株，生乎城下，惜其不得地，因賦三絕句以唁之。」

又有小注：「舊說杭州天竺寺，每歲秋中，有月桂子墮。」

首句實寫，一字不可易。

次句寫古跡。

三句幻設。

四句落實。

眞眞幻幻，冥思成詩。起承轉合，乾淨利落。

二十六、東城桂三首之二

霜雪壓多雖不死，荆榛長疾欲相埋。

長憂落在樵人手，賣作蘇州一束柴。

此詩憐惜之意多於讚賞。

首二句寫天災友禍。霜雪、荆榛，皆非有意相欺、相害，但桂樹已欲死欲埋。

三句一承一轉：更大的天敵，樵夫！

四句承而合，賣作柴，供人燒。不過在去蘇州白刺史治下的蘇州，亦云慘而雅矣！

設想之辭，每多詩意。

〔註260〕同上，頁 1635，下二首同此。

二十七、東城桂三首之三

　　　遙知天上桂華孤，試問嫦娥更要無？

　　　月宮幸有閒田地，何不中央種兩株？

　　此詩更雅逸。

　　全詩完全虛擬。首句用月宮桂樹典，由「遙知」到「孤」，佈局甚妙。

　　次句假問嫦娥，且似乎已代她回答。

　　三句繼續代籌：月有閑地。

　　四句一合：中央種兩株－不是一株！

　　此詩可視作居易詠物詩之冠冕。

二十八、新栽梅

　　　池邊新種七株梅，欲到花時點檢來。

　　　莫怕長洲桃李妒，今年好爲使君開。〔註261〕

　　此詩作於寶慶元年（825），居易五十四歲，仍任蘇州刺史。

　　長洲，指長洲苑，苑在長洲縣西南七十里。

　　首句破題示數。

　　二句承之，「點檢」二字，後來到了辛棄疾手裏，便成了「檢校」。

　　三句天外飛來，無理而妙。

　　四句合之，以使君爲保護傘。「莫怕」、「好爲」，一氣貫下。

二十九、和郭使君題枸杞

　　　山陽太守政嚴明，吏靜人安無犬驚。

　　　不知靈藥根成狗，怪得時聞吠夜聲。〔註262〕

　　此詩作於寶曆二年（826），居易五十五歲，自蘇州至洛陽途中。

　　郭使君，楚州刺史郭行餘。

　　首句破半題，稱譽郭行餘。

　　二句承之，「無犬驚」乃設局。

〔註261〕同上，頁 1647。
〔註262〕同上，頁 1704～1705。

三句承而轉，枸杞，根略似狗。

四句無理而妙。

用巧合成詩而恣意渲染之，亦詩人一技也。

三十、種白蓮

吳中白藕洛中栽，莫戀江南花懶開。

萬里攜歸爾知否？紅蕉朱槿不將來。〔註263〕

此詩作於大和元年（827），居易五十六歲，在洛陽，任秘書監。

居易〈池上篇序〉（卷六九）云：「罷蘇州刺史時，得太湖石、白蓮、折腰菱、青板舫以歸。」〈蓮石詩〉（卷二四）云：「青石一兩片，白蓮三四枝，寄將東洛去，心與物相隨。」可為此詩佐証。

首句破題。

次句以花懶開微責白蓮，並告誡勿一味迷戀江南。其實詩人冤枉白蓮了：它是水土不服吧。

三句進一步訴諸情感。

四句再補一句：我獨寵你，蕉、槿都不受我的青睞。

如此擬人傾訴，亦云情深矣。

三十一、花酒

香醅淺酌浮如蟻，雲鬢新梳薄似蟬。

為報洛城花酒道，莫辭送老二三年。〔註264〕

此詩作於大和五年（831），居易六十歲，在洛陽，任河南尹。

首句寫酒，次句寫伴酒之佳人，對仗工妙。

三句再破題。「為報」二字輕盈。

四句謂以花、酒、美人送老。「莫辭」二字，上承「為報」，故作輕鬆灑脫。

是詠物，亦是抒情。

〔註263〕同上，頁1731。

〔註264〕同上，頁1777。

三十二、冬夜聞蟲

　　　蟲聲冬思苦於秋，不解愁人聞亦愁。

　　　我是老翁聽不畏，少年莫聽白君頭。〔註265〕

　　此詩作於大和二年（828），居易五十七歲，在長安，任刑部侍郎。

　　首句破題，且作季節比較。

　　次句乃「退一步說」之作法，實乃以退為進。

　　三句一轉：與二句義幾乎相反，目的是帶出第四句來：少年莫聽。

　　其實是說：人人莫聽。

三十三、僧院花

　　　欲悟色空為佛事，故栽芳樹在僧家。

　　　細看便是《華嚴》偈，方便風開智慧花。〔註266〕

　　此詩作於大和三年（829），居易五十八歲，仍在長安任刑部侍郎。

　　首句天外飛來，但仍切題：「僧院」。色則切「花」。

　　次句一承，令人微訝。

　　三句一轉，遙承首句「色空為佛事」。

　　四句合得圓滿：方便、風、開、智慧花，可謂字字精粹。

三十四、歎病鶴

　　　右翅低垂左脛傷，可憐風貌甚昂藏。

　　　亦知白日青天好，未要高飛且養瘡。〔註267〕

　　此詩作於大和三年（829），居易五十八歲，在洛陽，任太子賓客分司。

　　首句破題，細寫主角之病。

　　次句補述其風貌，以作病態之反襯。「可憐」二字，在此兼涵可愛、可惜二義。

　　三句一轉：由鶴之立場發言。

〔註265〕同上，頁 1804。
〔註266〕同上，頁 1843。
〔註267〕同上，頁 1895。

四句一合，由己心發抒，勸鶴目前之計，養傷第一。

全詩溫婉可親。

三十五、問移竹

問君移竹意如何，慎勿排行但間窠。

多種少栽皆有意，大都少校不如多。〔註268〕

此詩作於大和四年（830），居易五十九歲，在洛陽，任太子賓客分司。

首句破題，次句叮嚀。間窠者，分隔如鳥窩之佈列也。

三句灑落。

四句扭轉：多竹勝少。竹，至雅物也。

三十六、重陽席上賦白菊

滿園花菊鬱金黃，中有孤叢色似霜。

還似今朝歌酒席，白頭翁入少年場。〔註269〕

此詩亦作於大和四年。

首二句破題，以金黃對襯似霜之白菊。

三句一轉，用現前喻。

四句完足之：自抒白頭翁，乍入少年人之歡樂場。

此詩輕盈可挹。

三十七、小橋柳

細水涓涓似淚流，日西惆悵小橋頭。

衰楊葉盡空枝在，猶被霜風吹不休。〔註270〕

此詩作於大和五年（831），居易六十歲，居洛陽，任河南尹。

首句寫小橋流水，用一喻。

次句寫柳姿，卻不說破。

三句一承亦一轉。

〔註268〕同上，頁 1903。

〔註269〕同上，頁 1904。

〔註270〕同上，頁 1908。

　　四句一合，頗露同情之意。在「葉盡空枝」與「霜風」之間，張力十足。

　　不知居易是否如前詩一般，有顧影自憐之思。

三十八、衰荷

　　　白露凋花花不殘，涼風吹葉葉初乾。

　　　無人解愛蕭條境，更遶衰叢一匝看。〔註271〕

　　此詩作於大和七年（833），居易六十二歲，在洛陽，任太子賓客分司。

　　首句破題而出乎意外：花不殘。

　　次句稍和緩：葉初乾。

　　三句一轉，以「蕭條」扣「衰荷」。

　　四句之主語為「我」。遶衰荷看一週，非詩人雅士，孰能為此？

　　此詩好處，乃在衰中仍有姿色。

三十九、題令狐家木蘭花

　　　膩如玉指塗朱粉，光似金刀剪紫霞。

　　　從此時時春夢裏，應添一樹女郎花。〔註272〕

　　此詩作於元和八年（834），居易六十三歲，仍在洛陽任太子賓客分司。

　　首句、次句連寫木蘭花風貌。

　　三句一承一轉，乃詩人之遐想。

　　四句足成之：「女郎花」三字，足為木蘭花定其身分，且正呼應首二句的描繪。女郎花的另一來由是：〈木蘭辭〉中有「不知木蘭是女郎」。

〔註271〕同上，頁2131。
〔註272〕同上，頁2157。

四十、問鶴

烏鳶爭食雀爭窠，獨立池邊風雪多。

盡日踏冰翹一足，不鳴不動意如何？〔註273〕

此詩與下一首亦作於大和八年。

首句以烏鳶與雀之喜爭起興，正好烘托鶴之獨立風姿。次句足成之。「風雪多」更添其風采。

三句承二句。

四句承二轉三。

「意如何」，問得好，問得酷，間得莊嚴，問得惆悵。

「斯人獨寂寞」，鶴亦高人也。

四十一、代鶴答

鷹爪攫雞雞肋折，鶻拳蹙雁雁頭垂。

何如斂翅水邊立，飛上雲松棲穩枝？

前二句擬設二境，皆為弱肉強食之例，而且都是鳥類故事，運之入神，對仗亦好。

三句一轉，主題已展現。

四句補述，更添風致。

四十二、賣駱馬

五年花下醉騎行，臨賣迴頭嘶一聲。

項籍顧騅猶解歎，樂天別駱豈無情？〔註274〕

此諸作於開成四年（839），居易六十八歲，在洛陽，任太子少傅分司。為「病中詩十五首」之一。

首句說人、馬之淵源。「花下」、「醉騎」，甚有風致，馬形馬貌，相對而言，已不甚重要。

次句「迴頭嘶一聲」，此匹駱馬之神情風采盡在眼前矣。

三句用項羽典。

〔註273〕同上，頁2175，下一首同此。

〔註274〕同上，頁2391。

　　四句以己比項氏，「豈無情」三字，墨飽韻足。

　　此詩寫透樂天與馬之情誼。至於為何要出售，莫非亦如放歸愛妾小蠻？

四十三、感蘇州舊舫

　　　　畫梁朽折紅窗破，獨立池邊盡日看。

　　　　守得蘇州船舫爛，此身爭合不衰殘？〔註275〕

　　此詩亦作於開成四年。

　　首句描寫舊舫之破舊，二目可代全部。

　　二句以「獨立池邊」自狀，再添「盡日看」助威。

　　三句一轉，重心在「守得」。

　　四句順流而下，因船爛感及己身之衰朽。

　　「樹猶如此，人何以堪！」樂天之歎，實同異代之桓溫！

四十四、雞贈鶴

　　　　一聲驚露君能薄，五德司晨我用多。

　　　　不會悠悠時俗士，重君輕我意如何？〔註276〕

　　此詩作於會昌元年（841）至會昌二年（842）。居易在洛陽。為「池鶴八絕句」之一。

　　詩前有小序云：「池上有鶴，介然不群，烏、鳶、雞、鵝，次第嘲噪，諸禽似有所誚，鶴亦時復一鳴。予非冶長，不通其意，因戲與贈答，以意斟酌之，聊亦自取笑耳。」任半塘《唐戲弄・總說》：「白居易〈池鶴八絕〉……等寓言詩中，使諸蟲鳥並人格化，作成代言問答。凡此文人所為，雖在文體上有所承，亦可能受當時戲劇風之激宕而然也。」

　　首句貶鶴，次句自詡，相對成趣。

　　三句一轉，表己心之不平。

　　四句合成之。「不會」、「如何」，天衣無縫。

〔註275〕同上，頁 2399。

〔註276〕同上，頁 2532。

四十五、鶴答雞

爾爭伉儷泥中鬥，吾整羽儀松上棲。

不可遣他天下眼，卻輕野鶴重家雞。〔註277〕

首句貶雞，以牙還牙。

次句自許，自命清高。

三句以眼還眼，四句貫徹之。「不可遣他」四字，力量足與「不會」、「如何」相匹。

四十六、烏贈鶴

與君白黑太分明，縱不相親莫相輕。

我每夜啼君怨別，玉徽琴裏忝同聲。

此詩中的主角烏鴉，顯然比雞友善得多，與鶴進行了一場溫和的對話，對鶴保有五分敬意。

首句切題而抒：一白，一黑。

二句是和平使者之標準語言。

三句巧為之說，故意拉近二「人」之距離。

四句足成其旨。（原注曰：「琴曲有〈烏夜啼〉、〈別鶴怨〉。」）居易取材於此，甚妙。

四十七、鶴答烏

吾愛棲雪上華表，汝多攫肉下田中。

吾音中羽汝聲角，琴曲雖同調不同。〔註278〕（自注：「〈別鶴怨〉在羽調，〈烏夜啼〉在角調。」）

首句自詡，次句酷貶對方。

三句、四句大有「分別為聖」之概。

鶴之驕傲，由此盡悉。烏鴉好意相問，卻碰了一鼻子的灰。

〔註277〕同上，頁2533，下一首同此。

〔註278〕同上，頁2534，下一首同此。

四十八、鳶贈鶴

　　君誇名鶴我名鳶，君叫聞天我唳天。

　　更有與君相似處，飢來一種啄腥羶。

首句平等說人己，加一「誇」字，稍示禮貌耳。

二句又相提並論。

三、四承而轉合，「啄腥羶」三字，恐不足服鶴也。

四十九、鶴答鳶

　　無妨自是莫相非，清濁高低各有歸。

　　鸞鶴群中彩雲裏，幾時曾見喘鳶飛？〔註279〕

首句溫和相勸，次句無情卑視。

三句將「鸞」引為同道，正是為了完成四句之主旨：「喘鳶」形象可憫，彩雲高不可及，鳴呼！鶴又占盡人家便宜。

五十、鵝贈鶴

　　君因風送入青雲，我被人驅向鴨群。

　　雪頸霜毛紅網掌，請看何處不如君？

首句譽鶴而微露羨意，次句自憫而不平。

三句自狀，頗見自得之態。

四句繼之，是妙合，亦不失為合情合理之語。

鵝在以上四子中，是最為理性的。

五十一、鶴答鵝

　　右軍歿後欲何依？只合隨雞逐鴨飛。

　　未必犧牲及吾輩，大都我瘦勝君肥。

首句用王羲之愛鵝、道士用一籠鵝換其書法典，承認鵝也曾有過光榮的歷史，但今已不存。

二句繼之，已近訕謗。

三句一轉，意謂汝不必隨意拖牽。

四句妙解：以肥瘦定彼此之高下。

這裏，鵝又吃虧了。此鶴不但高傲，亦頗有幽默感。四次口戰，四種風味。

五十二、遊趙村杏花

　　游村紅杏每年開，十五年來看幾迴？

　　七十三人難再到，今春來是別花來。〔註280〕

此詩作於會昌四年（844），居易七十三歲，在洛陽，刑部尚書致仕。

趙村，在洛陽城東，有杏花千餘株。

首句游村，疑爲「趙村」之誤，一說疑趙村又名游村，蓋他詩中亦曾見之。

首句破題，次句明述年月。

三句自述年歲。

四句說別花主旨。

此詩無一字描寫杏花風姿，然以情染景，讀者可以想見杏之神貌。

五十三、永豐坊西南角園中有垂柳……白尚書篇云

　　一樹春風千萬枝，嫩如金色軟於絲。

　　永豐西角荒園裏，盡日無人屬阿誰？〔註281〕

此詩作於會昌五年（845），居易七十四歲，在洛陽，已以刑部尚書致仕。

此詩尚有河南尹盧貞之和詩，「一樹依依在永豐……應逐歌聲入九重。」

首句破題，甚見氣派。

次句寫垂柳之貌，「嫩如金色」四字稍湊。

三句寫地點，四句以一問作結，疑亦合也。

〔註280〕同上，頁2545。
〔註281〕同上，頁2558～2559。

五十四、白居易（再）和

> 一樹衰殘委泥土，雙枝榮耀植天庭。
>
> 定知玄象今春後，柳宿光中添兩星。〔註282〕

此詩上承盧詩「兩枝飛去杳無蹤」抒發。

首句仍承白之前詩，次句用盧詩之意。

三、四句轉合如一：柳宿，天上二十八宿之一。恰好用此故實，足成末句，並上應盧詩。

五十五、禽蟲十二章之一

> 燕違戊己鵲避歲，茲事因何羽族知？疑有鳳王頒鳥曆，一時一日不參差。（下有自註：不知其然也。鷰銜泥常避戊己日，鵲巢口常避太歲，驗之皆信。）〔註283〕

此詩與下十一首皆作於會昌三年（843）至會昌六年（846）之間，在洛陽，刑部尚書致仕。

首句寫實，然委實令人困惑。

二句設疑。

三句自解，四句繼之。此一轉一合之間，也展示了居易的想像力和幽默感。

五十六、禽蟲十二章之二

> 水中科斗長成蛙，林下桑蟲老作蛾。
>
> 蛙跳蛾舞仰頭笑，焉用鵾鵬鱗羽多？（自注：齊物也。）

首句寫蝌蚪長大成青蛙，次句記蠶老化為蛾，是生物界常識。

三句忽然一轉：蛙跳、蛾舞，再添油加醋，二者皆會仰首而笑（按：一般動物不會笑），是典型的夸飾。表現了兩種平凡動物的不凡生命力。

四句亦轉亦合：《莊子》上所載的鵾、鵬，各種鳥類、魚類，擴而言之，各種珍奇或普通的動物，「焉用……多」，謂可有可無也。此

〔註282〕同上，頁 2561，下四首同此。

〔註283〕卷 37，頁 2584，下四首同此。

齊物之旨的擴充。萬物既齊，多一少一，不足爲懷。蛙、蛾與鯤、鵬，無何不同也。

　　此爲詠物詩，亦已晉升爲哲理詩。

五十七、禽蟲十二章之三

　　江魚群從稱妻妾，塞雁聯行號兄弟。

　　但恐世間眞眷屬，親疏亦是強爲名。（故名也，江、沱間有
　　魚，每游輒三，如媵隨妻，一先二後，土人號爲婢妾魚。《禮》
　　云：「鴈兄弟行。」）

　　此詩明爲詠物，實檢討世間之倫常。

　　首二句均實說。

　　三句一轉，世間眷屬如何？

　　四句一合，亦同江魚、塞雁，強爲之名，或親或疏，亦無定數。如劉、關、張異姓兄弟，豈遜於若干親生兄弟哉？

五十八、禽蟲十二章之四

　　蠶老繭成不庇身，蜂飢蜜熟屬他人。

　　須知年老憂家者，恐是二蟲虛苦辛。（自警也。）

　　首句寫蠶，老而作繭自縛，不久即化蛾，似不能庇護己身。

　　次句寫蜂，辛苦釀蜜，己飢不能食，徒造福他人。

　　三句一轉：人老憂家，往往亦如二蟲，辛苦大半生，自己落得一場空虛。此乃對「養兒防老」之說的反省。

五十九、禽蟲十二章之五

　　阿閣鶼鸞田舍鳥，妍媸貴賤兩懸殊。

　　如何閉向深籠裏，一種摧頹觸四隅？（有所感也。）

　　首句指鳳凰鶼鸞與尋常鳥雀。阿閣，閣有四柱者。《帝王世紀》云：「黃帝時，鳳凰巢於阿閣。」

　　次句扣緊上句，前四字爲妍爲貴，次三字爲媸爲賤，一目了然。

　　三句一轉，謂不論何鳥，皆可能爲人關入籠中。

　　四句一合，不論妍媸貴賤，一入籠中，動輒碰壁，同其摧頹無奈。

自由最可貴！

六十、禽蟲十二章之六

獸中刀槍多怒吼，鳥遭羅弋盡哀鳴。

羔羊在口緣何事，闇死屠門無一聲？〔註284〕（有所悲也。）

首二句獸、鳥並列，遭害之苦幾乎雷同。

三句亦應指羔羊之受殺害。

四句謂羊死無聲。其實羊亦會哀鳴。

此為寓言詩：一鳴一不鳴，其死則同。誠可悲也。

六十一、禽蟲十二章之七

蟭螟殺敵蚊巢上，蠻觸交爭蝸角中。

應似諸天觀下界，一微塵內鬥英雄。（自照也。）

首句、次句皆為典故，所謂「蝸角功名」，亦出於此。世間諸物，不論大小，皆不免一鬥一爭。

三句幻設成轉。

四句指人類生態。所謂「自照」，代全體人類反省也。

六十二、禽蟲十二章之八

蟭蛸網上胃蜉蝣，反覆相持死始休。

何異浮生臨老日，一彈指頃報恩仇？（誠報也。）

首句寫蜘蛛網纏小蟲，二句說二蟲相鬥，同歸於盡（按實際上蜉蝣多先死。）

三句一轉，又回到人類身上，恩恩怨怨，至死不休。

四句緊接，謂何必緊執恩仇，冤冤相報？觀蟲豸之事，宜自戒也。

六十三、禽蟲十二章之九

蟻王化飯為臣妾，螺母偷蟲作子孫。

彼此假名非本物，其間何怨復何恩？

蟻王到處尋求糧食，為其臣妾生計謀；螟蛉有子，蜾蠃負之。首

二句謂世間萬物，每為眷屬煩苦。

　　到第三句，乃一大轉，其實名分往往為虛物，何必恩恩怨怨？四句一合，抉出主旨。

　　若悟得人間關係本難辨真假之別，人們大可放開心胸，不沾塵思。

六十四、禽蟲十二章之十

　　　豆苗鹿嚼解烏毒，艾葉雀銜奪燕巢。

　　　鳥獸不曾看《本草》，諳知藥性是誰教？（嘗聞獵者說云：
　　　「鹿若中箭發，即嚼豆葉食之，多消解。」箭毒多用烏頭，
　　　故云烏毒。又燕惡艾，雀欲奪其窠，先銜一艾致其窠，輒
　　　避去，因而有之。）

　　首二句乃述說兩樁動物實事。

　　三句一轉，謂禽蟲未讀李時珍《本草綱目》，四句繼之，是合，如何諳知藥性。是好奇之問。

　　其實人間藥典，亦自經驗累積而得，鹿、燕雖為動物，亦有天生之第六感，輔以經驗，自然成用。

六十五、禽蟲十二章之十一

　　　一鼠得仙生羽翼，眾鼠相看有羨色。

　　　豈知飛上未半空，已作烏鳶口中食？

　　首句虛擬，仙乎魔乎？

　　次句傳之。

　　三句一轉：「豈知」有力。

　　四句一合：「已作」承上。

　　人貴知足守本分，此鼠可供鑑戒。

六十六、禽蟲十二章之十二

　　　鵝乳養雛遺在水，魚心想子變成鱗。

　　　細微幽隱何窮事，知者唯應是聖人。（鵝放乳水中，不能離，
　　　群雛從而食之皆飽，而去之。又如魚想子，子成魚，並皆
　　　是佛經中說。）

首二句用二佛典，以諭世事。

大自然萬物之生態，千差百異。

三句亦承亦轉，四句亦轉亦合。

聖人格物致知之功，必勝常人，且有「生而知之」之說，故居易如此吟講。

以上六十六首詠物七絕，各有擅場，大致可歸納為五點：

一、所詠之物以植物為大宗，動物次之，其他題材甚少，如頹屋。

二、多用賦，少用比興。

三、有時用典，亦以熟典為較多。

四、有行雲流水者，有一波三折者。

五、多為中品之作，偶有上品。

下編　七言絕句之二

柒、寄人贈人

一、秋雨中贈元九

　　　不堪紅葉青苔地，又是涼風暮雨天。

　　　莫怪獨吟秋思苦，比君校近二毛年。〔註1〕

　　此詩作於貞元十八年（802），居易三十一歲，在長安。元、白訂交當在此年之前。

　　首句以紅葉青苔起興，已見風致，次句復以涼風暮雨增益之。

　　三句一轉：莫怪！

　　四句一合：蓋我比汝年長七歲（元稹生於西元 729 年），故已略近二毛之年，難免如此（獨吟愁苦）。

　　按古人多早衰，三十之年，而發是語，不足怪也！

二、華陽觀桃花時招李六拾遺飲

　　　華陽觀裏仙桃發，把酒看花心自知。

　　　爭忍開時不同醉？明朝後日即空枝。〔註2〕

　　此詩作於永貞元年（805）至元和元年（806），居易在長安，任校書郎，年三十四至三十五。

〔註 1〕同上，頁 727。

〔註 2〕同上，頁 730。

華陽觀，即宗道觀，在長安朱雀門街東第三街永崇坊，即華陽公子故宅，有舊內人存焉。

首句破題，僅加一「發」字。

次句亦破題，加「心自知」三字。

三句一轉：花開人宜醉，用反問句較爲委婉。

四句承之，蓋明後天即將花凋。

四句承上，似轉，又似合。

「今朝有酒（花）今朝醉」，是也。

三、和友人洛中春感

莫悲金谷園中月，莫歎天津橋上春。

若學多情尋往事，人間何處不傷神？〔註3〕

此詩作於永貞元年（805），居易三十四歲，在長安，任校書郎。

金谷園，石崇之別館，在河陽之金谷，－河南縣界金谷澗中，有清泉茂樹，眾果竹柏，藥物備具。

天津橋，在洛陽西南洛水上。隋煬帝南北夾路對起四樓，其樓爲日月表勝之象，貞觀十四年更令石工纍方石爲橋腳。

首句、次句合吟二地，以二「莫」起興。

三句一轉，四句一合：多情、往事、傷神，乃一以貫之。

此詩乃曠達之音。

四、寄陸補闕（前年同登科）

忽憶前年科第後，此時雞鶴暫同群。

秋風悵惘須吹散，雞在中庭鶴在雲。〔註4〕

此詩亦作於永貞元年。

陸補闕，名不詳，係貞元十九年與居易同年以書判拔萃科登第之人。

首句破題，次句用喻比匹主客。「暫」字將引發下半首。

三句一轉，惆悵承上。

〔註3〕同上，頁731。

〔註4〕同上，頁733，下一首同此。

四句一合：謂陸氏乃鶴，現在雲中，己爲雞，現在中庭。

此詩用喻明白，理路清楚。藉思念之情稱譽對方。

五、華陽觀中八月十五日夜招友玩月

　　人道秋中明月好，欲邀同賞意如何？

　　華陽洞裏秋壇上，今夜清光此處多！

此詩亦作於永貞元年。

首句、次句破題，由「人道」起興，次句用問句，委婉。

三句說明地點，一洞一壇，別致。

四句一合，切題而抒。

「明月」、「清光」相應，「秋中」、「今夜」亦復相契合。

六、曲江憶元九

　　春來無伴閑遊少，行樂三分減二分。

　　何況今朝杏園裏，閑人逢盡不逢君！〔註5〕

此詩約作於貞元十九年（803）至貞元二十年（804），居易在長安，任校書郎。

首句破題，但未說出人物。

次句巧說，實緊接首句之「無伴」與「閑遊少」。

三句逼進一步，四句落實原因。

「閑人逢盡」與「閑遊少」之間，有一種辯証法式的關聯。而「不逢君」則直接「無伴」。

二人之友誼，二十八字全盤宣洩矣。

杏園，在長安朱雀門街東第三街通善坊，地與曲江連接。

七、看渾家牡丹花戲贈李二十

　　香勝燒蘭紅勝霞，城中最數令公家。

　　人人散後君須看，歸到江南無此花。〔註6〕

〔註5〕同上，頁734。

〔註6〕同上，頁737。

此詩作於永貞元年（805），居易三十四歲，在長安，任校書郎。

渾家，渾瑊宅，在長安大寧坊，其牡丹花擅名一時。

李十二，李紳，新、舊唐書俱有傳，亦詩人也。紳在貞元二十年（前一年）至長安，準備應進士試。

首句以二喻破題，次句繼之。

三句一轉，前四字暗示看花人多，後二字方是重心，叮嚀備至。

四句說明正面宗旨。牡丹，北方花也，洛陽最盛，長安次之。

寓友情於美景，此又一例。

八、酬王十八李大見招遊山

自憐幽會心期阻，復愧嘉招書信頻。

王事牽身去不得，滿山松雪屬他人。〔註7〕

此詩作於元和元年（806），居易三十五歲，在盩厔，為盩厔尉。

王十八，王質夫，隱居於盩厔城南仙遊寺薔薇澗。

首句破題，憐，愛也。謂欲赴而未能。

次句增益其憾。

三句承上，說明原由。

四句是承亦是合，「滿山松雪」是實景，亦可用以影射二友之情誼。

九、縣南花下醉中留劉五

百歲幾迴同酩酊？一年今日最芳菲。

願將花贈天台女，留取劉郎到夜歸。〔註8〕

此詩作於元和二年（807），居易三十六歲，仍任盩厔尉。

劉五，官主簿，名不詳，乃居易十餘年前在符離所識之舊友。

首句破題，精彩有力。

次句繼之，神韻十足。

三句一轉：天台山仙女復活了！四句密合。

〔註7〕同上，頁744。

〔註8〕同上，頁745。

此劉郎非彼劉郎，但在居易心目中，此劉五即彼劉郎！以仙緣許人，情何以加！

十、醉中留別楊六兄弟（三月二十日別。）

春初攜手春深散，無日花間不醉狂。

別後何人堪共醉？猶殘十日好風光。〔註9〕

此詩亦作於元和二年。

首句破題，時間了然。

二句繼之，「無日……不」緊扣「春初」、「春深」。

三句一轉，實延舊情。

四句以「十日好風光」作收，十分圓滿，餘音繞樑。

十一、遊雲居寺贈穆三十六地主

亂峯深處雲居路，共踏花行獨惜春。

勝地本來無定主，大都山屬愛山人。〔註10〕

此詩亦作於元和二年。

雲居寺，在長安城南終南山上。

首句破題，「亂峯深處」入神。

次句「共」、「獨」應視作互文。

三句一轉：針對題目中的「地主」。

四句一合：甚是愜人。

此詩莊中有諧。

十二、期李二十文略王十八質夫不至獨宿仙遊寺

文略也從牽吏役，質夫何故戀囂塵？

始知解愛山中宿，千萬人中無一人。〔註11〕

此詩亦作於元和二年。

首二句似大興問罪之師，責備二位老友約之而不至。

〔註 9〕同上，頁 746。
〔註10〕同上，頁 746。
〔註11〕同上，頁 749。

三句一承一轉。

四句一大合，不免誇張，但卻爽神。

王質夫已見前，李文略不詳。

十三、酬趙秀才贈新登科諸先輩

　　莫羨蓬萊鸞鶴侶，道成羽翼自生身。

　　君看名在丹台者，盡是人間修道人。〔註12〕

此詩亦作於元和二年。

首句破題，有些突兀。

次句繼之，「羽翼自生身」有奇氣。

三句一承一轉，四句一合。

三、四句似是廢話，但足以玉成首句之「莫羨」。

以此贈新登科諸人，妙哉！

十四、惜玉蕊花有懷集賢王校書起

　　芳意將闌風又吹，白雲離葉雪辭技。

　　集賢讎校無閑日，落盡瑤花君不知！

此詩亦作於元和二年。

王起，字舉之，貞元十四年進士，進集賢校理。

玉蕊花以長安唐昌觀最著名，集賢院亦有之，皆非凡境。

首句破題，以「芳意將闌」隱「惜」字。

次句用二喻比匹花落。

三句一轉，落實到王起身上。

四句合，實說而深表遺憾。

十五、留別吳七正字

　　成名共記甲科上，署吏同登芸閣間。

　　唯是塵心殊道性，秋蓬常轉水長閑。〔註13〕

〔註12〕同上，頁750。

〔註13〕同上，頁758。

此詩作於貞元十九年（803），居易三十二歲，在長安，任校書郎。

吳七正字，吳丹，字眞存。貞元十六年與居易同年進士，歷官正字、監察殿中侍御史、饒州刺史等。

首句破題，直說二人關係，次句繼足之。

三句一轉，以塵心說己，以道性喻吳。

四句以秋蓬、水爲喻，依然是吳七爲水，己爲秋蓬。

此詩謙和中有溫情。

十六、江南送北客因憑寄徐州兄弟書

故園望斷欲何如？楚水吳山萬里餘。

今日因君訪兄弟，數行鄉淚一封書。〔註14〕

此詩作於貞元二年（786），居易十五歲，避難旅居蘇、杭二州。兄弟仍在徐州。

首句破題，甚切。

次句增益其勢。

三句一轉，補述題意。

四句一合，足成其情思。「一封書」遙應「萬里餘」。

十五歲作此，難能可貴。

十七、為薛台悼亡

半死梧桐老病身，重泉一念一傷神。

手攜稚子夜歸院，月冷房空不見人！〔註15〕

此詩約作於貞元十六年（800）以前。

薛台不詳。

首句以梧桐烘托薛台，甚切。

次句直抒。「重泉」可應「梧桐」。

三句生動，四句淒冷。二句合一，則作者哀傷之情緒了然如見。

〔註14〕同上，頁767。
〔註15〕同上，頁778。

十八、感月悲逝者

存亡感月一潸然，月色今宵似往年。

何處曾經同望月？櫻桃樹下後堂前。〔註16〕

此詩亦作於貞元十六年前。

首句破題，增益「一潸然」。

次句補出「月色」，且示知今昔之感。

三句一承一轉，四句續合。

櫻桃樹配合月色，情調甚好。

十九、寄湘靈

淚眼淩寒凍不流，每經高處即回頭。

遙知別後西樓上，應憑欄干獨自愁。〔註17〕

此詩作於貞元十六年（800），居易二十九歲，旅洺州時所寫。

湘靈，居易早年女友，已見前。

首句扣住「寄」。

次句續之，「迴頭」輔「淚眼」。

三句一轉。

四句一合，以己心度彼腹。「（獨）憑欄干」之姿，令人心疼。

二十、臨江送夏瞻（瞻年七十餘。）

悲君老別我霑巾，七十無家萬里身。

愁見舟行風又起，白頭浪裏白頭人。〔註18〕

此詩作於貞元十六年（800）以前。

夏瞻不詳，但知為七十餘老人。

首句破題，已甚周至。

次句繼之，不啻為天下孤苦老人塑一巨像。

三句一轉：舟行，扣「送」；風起，亦可呼應題中之「臨江」。

〔註16〕同上，頁780。

〔註17〕同上，頁784。

〔註18〕同上，頁785。

四句，二白傳神，全句如畫。

不著一字（「霑巾」或爲例外），盡得風流。

二十一、冬夜示敏巢（時在東都宅。）

爐火欲銷燈欲盡，夜長相對百憂生。

他時諸處重相見，莫忘今宵燈下情。〔註19〕

此詩約作於貞元十六年前。

首句以爐火、燈扣住「冬夜」破題。

次句爲全詩核心，夜長，二人相對於燈下，而百憂油然而生。

三句一轉，是假設之辭。

四句一合，重在「莫忘」。

百憂相對，寧可忘耶？

二十二、同李十一醉憶元九

花時同醉破春愁，醉折花枝作酒籌。

忽憶故人天際去，計程今日到梁州。〔註20〕

此詩作於元和四年（809），居易三十八歲，在長安，任左拾遺、翰林學士。

李十一，李建；元九，元稹，俱見前。

首句花、醉、愁一同破題。

次句更跨前一步，加添花之枝。

三句切題之後半。

四句完足之。

細看之仍是起承轉合。

愁自何來？春景抑別情？

〔註19〕同上，頁786。
〔註20〕同上，頁796。

二十三、絕句代書贈錢員外

　　　欲尋秋景閑行去，君病多慵我興孤。

　　　可惜今朝山最好，強能騎馬出來無？〔註21〕

　　此詩亦作於元和四年。

　　錢員外，指錢徽。

　　首句破題，並示知季節及行動。

　　次句對比二人現況，其實「多慵」與「興孤」幾同一態。

　　三句一轉，以山色為引子。

　　四句表現邀遊之心意。

　　「可惜」、「強能」之間，自有一脈相承之處。

二十四、禁中九日對菊花酒憶元九（元九云：「不是花中唯愛菊，此花開盡更無花。」）

　　　賜酒盈杯誰共持，宮花滿把獨相思。

　　　相思只傍花邊立，盡日吟君〈詠菊〉詩。〔註22〕

　　此詩亦作於元和四年。

　　首二句共破題：一酒一花：「誰共持」即「獨相思」。

　　三句用頂真格，「花邊立」順水而下。

　　四句再加強調，而以元稹詩作結，扣緊「憶」字。

二十五、禁中夜作書與元九

　　　心緒萬端書兩紙，欲封重讀夜遲遲。

　　　五聲宮漏初明後，一點窗燈欲滅時。〔註23〕

　　此詩作於元和五年（810），居易三十九歲，在長安，任左拾遺、翰林學士。

　　首句破題，「萬端」、「兩紙」互對。

　　次句三節：欲封，重讀，意遲遲－遲遲不能決定寄出與否。

〔註21〕同上，頁798。

〔註22〕同上，頁799。

〔註23〕同上，頁805。

三句一轉，其實乃補足時間，兼示地點。

四句再以燈示時，兼描心緒。似結實起。

二十六、寄陳式五兄

年來白髮兩三莖，憶別君時髭未生。

惆悵料君應滿鬢，當初是我十年兄。〔註24〕

此詩作於元和五年（810），居易三十九歲，在長安，任京兆戶曹參軍、翰林學士。

首句直述。

次句回憶。「髭未生」與「白髮」對峙。

三句寫惆悵之情，並遙想式五。「滿鬢」者，滿鬢花白也。

四句回憶，兼顧二、三句。

二十七、送元八歸鳳翔

莫道岐州三日程，其如風雪一身行。

與君況是經年別，暫到城來又出城。〔註25〕

此詩亦作於元和五年。

元八，元宗簡。

鳳翔，鳳翔府，漢爲右扶風，後魏文帝時改爲岐州，唐乾元元年改爲鳳翔府，爲鳳翔節度使治所，今屬於陝西省。

首句用古州名，切題計程。

次句說路況，加「其如」示無奈之情。

三句一轉，稍緩和形勢。

四句以七字詮釋「經年別」，亦藉此作結，暗抒不變之友情。

二十八、雨雪放朝因懷微之

歸騎紛紛滿九衢，放朝三日爲泥塗。

不知雨雪江陵府，今日排衙得免無？〔註26〕

〔註24〕同上，頁807。

〔註25〕同上，頁809。

〔註26〕同上，頁810。

此詩亦作於元和五年。

時元稹任江陵士曹掾。

首二句細寫「放朝」之光景，頗爲熱鬧。「爲泥塗」三字微諷，亦切題。

三句遙想江陵元九。

四句完足之。已放朝亦盼友放假。

「雨雪」是關鍵詞。

二十九、獨酌憶微之（時對所贈盞。）

獨酌花前醉憶君，與君春別又逢春。

惆悵銀杯來處重，不曾盛酒勸閑人。〔註27〕

此詩亦作於元和五年。

首句破題，贈「花前」二字。

次句密接：二「春」字由花引出。

三句轉，銀杯來處重，似應指此杯乃元稹所贈與。

四句合，說明因果：不用此杯勸其他人。

二人友誼，貫穿二十八字中。

三十、蕭員外寄新蜀茶

蜀茶寄到但驚新，渭水煎來始覺珍。

滿甌似乳堪持玩，況是春深酒渴人！〔註28〕

此詩亦作於元和五年。

首句破題，「但驚新」三字頗傳神。

次句補述，完足上旨。

三句承而似轉。「似乳」，承上啟下。

四句春深、酒渴，一詞一頓。茶乳酒似渾然一體矣。

以茶代酒，以詩代函。

〔註27〕同上，頁813。
〔註28〕同上，頁844。

三十一、寄內

桑條初綠即爲別，柿葉半紅猶未歸。

不如村婦知時節，解爲田夫秋擣衣。〔註29〕

此詩作於元和六年（811）至元和八年（813）間，居易在下邽。

此詩爲寄楊夫人之作，夫人爲楊汝士及虞卿之從妹。

首句謂春別，次句謂秋未歸。

三句一轉，微露不滿之意，以村婦比妻。

四句完足之：爲夫擣衣，與夫廝守。

此詩當是妻子還娘家，居易思念不已，故有此作。

三十二、得袁相書

穀苗深處一農夫，面黑頭斑手把鋤。

何意使人猶識我，就田來送相公書？〔註30〕

此詩作於元和九年（814），居易四十三歲，在下邽。

袁相，袁滋，永貞元年七月拜中書侍郎、同中書門下平章事。元和八年正月爲襄州刺史、山南東道節度使。

居易正在家鄉丁憂，故首句自稱農夫。

次句描繪自己的形象。

三句一轉：表詫異及驚喜。

四句完足題意。

全詩訝中含感。

三十三、感化寺見元九劉三十二題名處

微之謫去千餘里，太白無來十一年。

今日見名如見面，塵埃壁上破窗前。〔註31〕

此詩寫於元和九年（814），居易四十三歲，在下邽。

感化寺，在陝西藍田縣，一作化感寺。

〔註29〕同上，頁847。

〔註30〕同上，頁849。

〔註31〕同上，頁850～851。

劉三十二,劉敦質,卒於貞元二十年。

首句實說,元和九年元稹自江陵府士曹參軍移唐州從事。

次句亦實寫,「無來」,亡故也。

三句謂二人曾在感化寺題詩題名,故見名憶人。

四句補說題名處之光景,因背景實切,更增悲傷之情。

三十四、遊悟眞寺迴山下別張殷衡

世緣未了住不得,孤負青山心共知。

愁君又入都門去,即是紅塵滿眼時。〔註32〕

此詩亦作於元和九年,居易在藍田。

悟眞寺,在藍田縣東南王順山。

張殷衡,生平不詳,詩中屢見,或爲布衣之交,曾爲洄原節度判官。

首句破題,欲長居佳寺而不可。

次句續之,辜負青山美景,二人心照不宣。

三句似轉實承,別後君將回京都。一「愁」貫底。

四句繼之,再入紅塵,仕途不可測也。

三十五、病中得樊大書

荒村破屋經年臥,寂絕無人問病身。

唯有東都樊著作,至今書信尚殷勤。〔註33〕

此詩亦作於元和九年,居易在下邽。

樊大,樊宗師,元和三年,擢軍謀宏遠科,授著作佐郎,亦爲詩人。

首句自述當時景況。

次句繼之,再度強調孤身臥病。

三、四句一轉一合:只有樊大時常書信問慰,友情不懈。

〔註32〕同上,頁 852。

〔註33〕同上,頁 853。

三十六、贈內

漠漠闇苔新雨地，微微涼露欲秋天。

莫對月明思往事，損君顏色減君年。〔註34〕

此詩亦作於元和九年，在下邽。下一首同此。

首二句描寫下邽居處之景象，由天到地，由外到內。

三句一轉，勸慰夫人莫思往事。

四句一合，說明原因。

四句疼惜之意，宛然在目。

三十七、得錢舍人書問眼疾

春來眼闇少心情，點盡黃連尚未平。

唯得君書勝得藥，開緘未讀眼先明。〔註35〕

錢舍人，錢徽，元和八年五月九日轉司封郎中、知制誥。

首句破題，自述身心狀況。

次句細寫用藥情形。

三句一轉，切題。並呼應二句。

四句更誇張，而友誼宛在其中矣。

三十八、還李十一馬

傳語李君勞寄馬，病來唯拄杖扶身。

縱擬強騎無出處，卻將牽與趁朝人。〔註36〕

此詩亦作於元和九年。

李十一，李建，已見前。

首句破題，「勞」字抒感謝之意。

次句自述病況。

三句一轉：有馬何用？

四句一合：將還馬與李，非不感謝，乃無可用之也。「趁朝人」，

〔註34〕頁859，下一首同此。
〔註35〕頁859，下一首同此。
〔註36〕頁860。

謂李建自己可騎之上朝也。

三十九、九日寄行簡

> 摘得菊花攜得酒，遠村騎馬思悠悠。
>
> 下邽田地平如掌，何處登高望梓州。〔註37〕

此詩亦作於元和九年。

行簡，居易之三弟，於元和九年五六月間應劍南東川節度使盧坦之聘赴梓州。梓州，今四川省三台縣地。

首句破「九日」題。

次句續之，動作、情思俱見。

三句一轉，寫故里田地之狀。

四句構合：無處登高望弟。以此流露他思念兄弟之情懷。

四十、遊城南留元九李二十晚歸

> 老遊春飲莫相違，不獨花稀人亦稀。
>
> 更勸殘盃看日影，猶應趁得鼓聲歸。〔註38〕

此詩作於元和十年（815），居易四十四歲，在長安，任太子左贊善大夫。

元和十年正月，元稹自唐州召還長安，與居易、樊宗師、李紳等同遊長安城南。

首句破題，遊加飲，「老」字自抒，古人喜歡歎老嗟貧，故四十四歲便自己稱老。

花稀人稀，二句轉為低調。

三句「殘盃」、「（落）日影」，一承二句之情調。

四句叮嚀，可作合看。

此詩意境較平。

〔註37〕頁 861。
〔註38〕頁 888。

四十一、見元九

　　容貌一日減一日，心情十分無九分。

　　每逢陌路猶嗟歎，何況今朝是見君。〔註39〕

　　此詩亦作於元和十年，在長安。乃「重到城七絕句」之一。

　　首二句自抒，十分低調。次句謂心緒索然。

　　三句寫眼前景象及自己心情。

　　四句增益之，卻是見元九。

　　為何見老友而增嗟？蓋己之身心狀況不佳，故見故人而更添愁也。

四十二、靖安北街贈李二十

　　榆莢拋錢柳展眉，兩人並馬語行遲。

　　還似往年安福寺，共君私試卻迴時。〔註40〕

　　此詩亦作於元和十年。

　　靖安北街，在長安朱雀門街東第二街靖安坊。元稹時居此。

　　李二十，李紳，時任國子助教。

　　首句寫風景，破題。

　　次句續之，切題意之後半。

　　三句一轉：回憶往事。

　　四句續成之。「卻迴時」三字有味。

四十三、醉後卻寄元九

　　蒲池村裏匆匆別，灃水橋邊兀兀回。

　　行到城門殘酒醒，萬重離恨一時來。〔註41〕

　　此詩亦作於元和十年。

　　蒲池村，在鄠縣東，在今陝西省。

　　灃水，源出自終南山灃谷。

〔註39〕頁891。

〔註40〕頁896。

〔註41〕頁906。

首二句可視作互文。兀兀，飄盪貌，搖搖晃晃。

三句一承亦一轉。

四句一合，有千鈞之重。

前三句都為四句蓄勢。

四十四、雨夜憶元九

天陰一日便堪愁，何況連宵雨不休。

一種雨中君最苦，偏梁閣道向通州。〔註42〕

此詩亦作於元和十年。

通州，故治在今四川省達縣。

首句佈局。

次句造勢－由陰而雨，且「不休」。

三句一承一轉，四句寫出元稹貶蜀之前事。「偏梁」二字傳神。

蜀道多雨，故有此作。

四十五、寄生衣與微之因題封上

淺色縠衫輕似霧，紡花紗袴薄於雲。

莫嫌輕薄但知著，猶恐通州熱殺君。〔註43〕

此詩亦作於元和十年。

生衣，絹製之夏衣，為熟衣（暖衣）之反義詞。

首句寫實且用喻。次句繼之，亦用一喻。

三句自謙，且加叮嚀。

四句想像通州炎熱，故此夏季薄衣猶不敷用。

一轉一合，效果卓然。

四十六、病中答招飲者

顧我鏡中悲白髮，盡君花下醉青春。

不緣眼痛兼身病，可是樽前第二人！〔註44〕

〔註42〕頁 912～913。

〔註43〕頁 917。

〔註44〕頁 925。

此詩亦作於元和十年。

首句自抒自憐。

次句謂羨君青春無恙。「花下」與「鏡中」，不料竟成絕配。

三句一轉，述拒飲之原因。

四句繼之，完足題意。朱金城箋校本末句以「？」爲標點，吾以爲驚歎號更恰當。

四十七、韓公堆寄元九

韓公堆北潤西頭，冷雨涼風拂面秋。

努力南行少惆悵，江州猶似勝通州。〔註45〕

此詩亦作於元和十年。

韓公堆，驛名，在藍田縣南三十五里。

首句破題，添出「潤西頭」。

次句寫秋景。

三句似兼勉慰自己和元九。

四句說清當時動向－旅向江州。蓋元稹仍在通州任職，而居易正由長安行赴江州。乃發自慰之辭，兼懷元九。

四十八、舟夜贈內

三聲猿後垂鄉淚，一葉舟中藏病身。

莫憑水窗南北望，月明月闇總愁人！〔註46〕

此詩亦作於元和十年，赴江州途中。

首句實寫興悲情。

次句補足地點及己身狀況。

三句叮嚀夫人：莫向南北望。

四句一合：不論月明月暗，總不免一愁。七字力道十足。

夫婦情誼，二十八字中十足飽滿。

〔註45〕頁 932。

〔註46〕頁 942。

四十九、逢舊

　　我梳白髮添新恨，君掃青蛾減舊容。

　　應被旁人怪惆悵，少年離別老相逢！〔註47〕

此詩亦作於元和十年，赴江州途中。

首句自抒。

次句寫舊友風姿，足見是女子。

三句設想開去。

四句說明二人久別重逢。

莫非此女是湘靈？惜居易未曾明示。

三、四句乃故意退向旁觀者立場，效果頗好。

五十、見紫薇花憶微之

　　一叢暗淡將何比？淺碧籠裙襯紫巾。

　　除卻微之見應愛，人間少有別花人。〔註48〕

此詩作於元和十一年（816），居易四十五歲，在江州，任江州司馬。

首句破題，用問句增勢。

次句說明清楚，二喻甚切。

三句一轉，譽元九慧眼。

四句更足成之，誇張得好。

五十一、過鄭處士

　　聞道移居村塢間，竹林多處獨開關。

　　故來不是求他事，暫借南亭一望山。〔註49〕

此詩亦作於元和十一年。

首句破題，且示知地點。

次句描寫核心。

三句一轉，涉及二人交誼。

〔註47〕頁 942～943。

〔註48〕頁 992。

〔註49〕頁 995。

四句一合，雅意十足。

五十二、聞李十一出牧灃州崔二十二出牧果州因寄絕句

平生相見即眉開，靜念無如李與崔。

各是天涯爲刺史，緣何不覓九江來。〔註50〕

此詩亦作於元和十一年。

李十一，李建；崔二十二，崔韶，二人均爲居易好友，集中各有多首贈答之詩。

首句開門見山，眉開破題。

次句承之，說得清楚無比。其實豈可掛漏元九！

三句一轉，湊合事實與題意。

四句妙想入神。

一詩二友，猶一石二鳥！

五十三、三月三日登庾樓寄庾三十二

三日歡遊辭曲水，二年愁臥在長沙。

每登高處長相憶，何況茲樓屬庾家？〔註51〕

此詩作於元和十二年（817），居易四十六歲，在江州，任江州司馬。

庾樓已見前，庾三十二，庾敬休。

首句乃自抒自記。

次句進一步兼自抒，長沙，以賈誼事自喻。居易貶來江州已二年。

三句一轉，實爲本詩核心。

四句一合，增添氣韻。

詩人每善用巧合，此乃一例。

五十四、戲贈李十三判官

垂鞭相送醉醺醺，遙見廬山指似君。

想君初覺從軍樂，未愛香爐峯上人。〔註52〕

〔註50〕 頁 1015。

〔註51〕 頁 1021。

〔註52〕 頁 1035～1039。

此詩亦作於元和十二年。

首句破題，言明送別。

次句以廬山喻李，信山拈來，自成風趣。

三句一轉：爲判官乃廣義之「從軍」。

四句一合，自譃譃人。自許爲「香爐峯上人」，亦妙不可言。

五十五、夢微之（十二年八月二十日夜。）

晨起臨風一惆悵，通川溢水斷相聞。

不知憶我因何事，昨夜三迴夢見君。〔註53〕

此詩作於元和十二年，題下自注年月日。

首句由夢醒寫起，是合。

次句補之，謂已在溢水，元在通川，本遙不可聞。

三句反思：汝何憶我如此？妙在我夢汝，乃我思汝，反說汝何思我。

四句實說：昨夜三次夢君。

此詩順序，原應是四、三、一、二，作者巧作安排，乃有卓效。

五十六、夢亡友劉太白同遊章敬寺

三千里外臥江州，十五年前哭老劉。

昨夜夢中章敬寺，死生魂魄暫同遊。〔註54〕

此詩作於元和十三年（818），居易四十七歲，仍任江州司馬。

劉太白，即劉敦質，章敬寺在長安城東。

首句破題，次句續之。「三千里」甚遠，「十五年」甚久。

三句一轉，仍切題旨。

四句一合，令人興噦。

首尾呼應，細針密縷。

〔註53〕頁 1073。

〔註54〕頁 1083。

五十七、劉十九同宿（時淮寇初破。）

　　紅旗破賊非吾事，黃紙除書我無名。

　　唯其嵩陽劉處士，圍棊賭酒到天明。〔註55〕

此詩亦作於元和十二年。

劉十九，嵩陽隱士，名未詳。

首句破題，「紅旗」鮮明反襯。

二句繼之。與前句同旨。

三句入題。

四句實述。但意興十足。

以時事烘私情，亦詩中一技也。

五十八、戲答諸少年

　　顧我長年頭似雪，饒君壯歲氣如雲。

　　朱顏今日雖欺我，白髮他時不放君。〔註56〕

此詩作於元和十三年（818），居易四十七歲，任江州司馬。

首句自白。

次句說諸少年，對比鮮明，二喻尋常而工切。

三句一承一轉。

四句合得銳利。

題目雖曰「戲」，其實有至理存焉。

五十九、贈曇禪師（夢中作。）

　　五年不入慈恩寺，今日尋師始一來。

　　欲知火宅焚燒苦，方寸如今化作灰。〔註57〕

此詩亦作於元和十三年。

首句實寫，夢中亦有顧及真實境況者。

次句繼之。

三句火宅乃佛家語，喻人生之煩惱。

四句一合，作灰正應上句之火宅。

夢詩每有佳者，此詩切題切人。

六十、湖亭與行簡宿

潯陽少有風情客，招宿湖亭盡卻迴。

水檻虛涼風月好，夜深唯其阿憐來。〔註58〕

此詩亦作於元和十三年。

白行簡乃居易三弟，小字阿憐。

首句破題，自反面布局。

次句續之，說得風致。

三句似承實轉，以「水檻虛涼」解「湖亭」。

四句一合，題意至此方盡。

六十一、贈江客

江柳影寒新雨地，寒雁聲急欲霜天。

愁君獨向沙頭宿，水遠蘆花月滿船。〔註59〕

此詩亦作於元和十三年。

江客不知是誰，當與居易無深厚交情。

首二句寫景美妙，對仗工切，幾乎無一字不精切。

三句一轉，以「沙頭」縮合前二句。

四句再補寫風景。

三句受一、二、四句之烘襯，是主軸。故其位置，亦轉亦合。

六十二、問韋山人山甫

身名身事兩蹉跎，試就先生問若何。

彼此神仙學得否？白鬚雖有未為多。〔註60〕

此詩和作於元和十三年。

〔註58〕頁 1109。

〔註59〕頁 1111。

〔註60〕頁 1114。

首句自述境況。首「身」字似應作「聲」。

二句承，切題。

三句正問山人。

四句似戲實莊。

按：韋山甫以石流黃濟人嗜欲，其術大行，多有暴風死者。其徒盛言山甫與陶貞白同壇受籙，以爲神仙之儔。居易顯然也相信他。

六十三、贈李兵馬使

身得貳師餘氣概，家藏都尉舊詩章。

江南別有樓船將，燕頷虬鬚不姓楊。〔註61〕

此詩亦作於元和十三年。

李兵馬使無考。

首句以漢將李貳師喻之，次句以李陵詩爲典，亦以烘托主角之文武雙全。

三句一轉，其實承也。

四句描寫李兵馬使形貌。

六十四、三月三日懷微之

良時光景長虛擲，壯歲風情已闇銷。

忽憶同爲校書日，每年同醉是今朝。〔註62〕

此詩亦作於元和十三年。

首句委曲破題。

次句繼之，自抒，或並抒二人情懷。

三句一承一轉。

四句一合，「今朝」切「三月三日」。

全詩二用「同」字，四用「時」、「歲」、「年」、「朝」時間補詞。

〔註61〕頁 1115。

〔註62〕頁 1120。

六十五、洪州逢熊孺登

靖安院裏辛夷下，醉笑狂吟氣最粗。

莫問別來多少苦，低頭看取白髭鬚。〔註63〕

此詩亦作於元和十三年。

洪州，隋開皇九年置洪州，因洪井崖爲名。唐武德七年改爲都督府，屬江南道。

熊孺登，鍾陵人，詩人，元和中爲西川從事，與居易、劉禹錫等多所贈答，言語妙天下云。

靖安院，指靖安里元稹宅。

首句憶舊。

次句繼之，寫出孺登之風采。

三句一轉。似由反面落筆。

四句以妙解爲合。

六十六、又答賀客

銀章暫假爲專城，賀客來多懶起迎。

似挂緋衫衣架上，朽株枯竹有何榮？〔註64〕

此詩亦作於元和十三年。十二月。

此詩王士禎編之《萬首絕句選》作「初著刺史緋答賀客」。

居易在是年十二月二十日，代李景儉爲忠州刺史，故賀客盈門。

首句扣題意。

二句承，卻意興闌珊。一因忠州地僻，二因久蟄江州，心情不振。

三句巧喻，卻不免頹喪。

四句更逼進一層，喻上疊喻，效果頗佳。

〔註63〕頁1130。

〔註64〕頁1132。

六十七、戲贈戶部李巡官

好去民曹李判官，少貪公事且謀歡。

男兒未死爭能料？莫作忠州刺史看。〔註65〕

此詩作於元和十四年(819)，居易四十八歲，在江州至忠州途中，將任忠州刺史。

首句破題。

次句承之，說洩氣話。

三句一轉，有慰勉之意。

四句自貶自抑，大有借題發洩牢騷之槪。

由上一首和這一首並看，可以想見居易心中認爲忠州刺史似升實貶。

六十八、贈康叟

八十秦翁老不歸，南賓太守乞寒衣。

再三憐汝非他意，天寶遺民見漸稀。〔註66〕

此詩亦作於元和十四年。

康叟可能是康昭遠之後代，昭遠曾任南賓太守。

乞寒衣，乞爲給予之意。

康叟時居四川，較比祖先，不勝唏噓。

首句破題，次句承之，主題在此。

三句承而復轉，四句合。

後二句蓋謂前代遺民難睹，故居易對康叟格外憐惜關懷。

由一句到四句，可謂一以貫之。

六十九、寄胡餅與楊萬州

胡麻餅樣學京都，麵脆油香新出爐。

寄與飢饞楊大使，嘗看得似輔興無？〔註67〕

〔註65〕頁 1135。

〔註66〕頁 1154。

〔註67〕頁 1164。

此詩亦作於元和十四年。

楊萬州，楊歸厚，時任萬州刺史。

輔興，長安輔興坊之餅店。輔興坊在長安朱雀門街西第三街。

首句破題。

次句細描胡餅之狀。

三句一轉，謔而不虐。

四句一合，並與首句「學京都」呼應。

贈人以餅，輔之以詩，輔興，好餅！

七十、寄題楊萬州四望樓

　　江上新樓名四望，東西南北水茫茫。

　　無由得與君攜手，同憑欄干一望鄉。〔註68〕

此詩亦作於元和十四年，四十八歲，在忠州任刺史。

首句破題，地點、名稱、新舊，都一一交代了。

二句寫樓前風光，用了「東西南北」最普通的成語，卻有很特殊的效果。

三句一轉，及於楊萬州，此樓在萬縣南，顯係楊氏所建。

四句合：四望，既切「東西南北」，又符「望鄉」之旨。

全詩意興灑落，而前後密合。

七十一、答楊使君登樓見憶

　　忠萬樓中南北望，南州煙水北州雲。

　　兩州何事偏相憶？各是籠禽作使君。〔註69〕

此詩亦作於元和十四年。

此詩與上一首頗為近似。忠萬樓不知何指，蓋謂忠州、萬州之樓也。或即四望樓。

首句「南北」乃濃縮上詩之「東西南北」。

〔註68〕頁1186。

〔註69〕頁1187。

次句與「東西南北水茫茫」亦甚近似，不過多了雲和煙。

三句明為問句，實與上詩之三句亦似。

四句則同而不同：非望鄉，乃互望，互相關照，互相憐惜：作官如鳥在籠中。

七十二、送高侍御使迴因寄楊八

　　明月峽邊逢制使，黃茅岸上是忠州。

　　到城莫說忠州惡，無益虛教楊八愁。〔註70〕

此詩作於元和十五年（820），居易四十九歲，仍在忠州任刺史。

楊八，即楊處厚。

明月峽：在重慶府巴縣，石壁高四十大，有孔形如滿月，因以為名。

首句直述破題。

次句實寫。黃茅暗示忠州之荒僻。

三句叮嚀備至。

四句兼示己與楊之友誼。且完顧題意。

七十三、戲贈蕭處士清禪師

　　三盃嵬峨忘機客，百納頭陀任運僧。

　　又有放慵巴郡守，不營一事共騰騰。〔註71〕

此詩亦作於元和十五年。

首句破題，忘機客指蕭處士。「嵬峨」放在「三盃」之後，更能彰顯「忘機」一義。

二句「納」疑應為「衲」，亦可視為雙關語。「僧」上加「任運」，不但為對仗，命義亦佳妙。

三句自稱，「放慵」與「忘機」、「任運」遙相呼應，真乃神來之筆。

〔註70〕頁 1193。

〔註71〕頁 1196。

四句一合三人：「不管一事」自屬夸飾，但下加「共騰騰」三字，反覺氣韻十足。

七十四、棣華驛見楊八題夢兄弟詩

遙聞旅宿夢兄弟，應爲郵亭名棣華。
名作棣華來早晚，自題詩後屬楊家。〔註72〕

此詩亦作於元和十五年。

楊八，楊虞卿，舊、新唐書皆有傳，非楊歸厚。

棣華驛，在長安至忠州途中，應在長安附近。

首句破題：謂楊八在此夢見兄弟。

二句承，謂因驛名棣華而然。詩小雅有常棣－棠棣，又作唐棣之華。唐棣：栘也，栘開而反合者也，正喻兄弟。

三四句寫爲全詩之餘波。故意說不管楊八來早來晚，至棣華驛必夢，夢必見兄弟，故一經題詩於此，此驛便屬於楊家兄弟了。說得狡獪而妙。

七十五、商山路驛桐樹昔與微之前後題名處

與君前後多遷謫，五度經過此路隅。
笑問中庭老桐樹，這迴歸去免來無？〔註73〕

此詩亦作於元和十五年。忠州至長安途中，將任司門員外郎。

商山在商州東八十里丹水之南，形如商字，路通武關，四皓隱此。在今陝西省境內。

首句實說破題。

次句續之。

三句一轉，著落在大配角桐樹身上。

四句借問題自抒胸臆，兼懷元九。此上二句大有自謔之幽默感。

〔註72〕頁 1208。
〔註73〕頁 1209。

七十六、吳七郎中山人待制班中偶贈絕句

金馬東門隻日開，漢庭待詔重仙才。

第三松樹非華表，那得遼東鶴下來？〔註74〕

此詩亦作於元和十五年，在長安，任司門員外郎。

吳七郎中山人，吳丹，元和末官駕部郎中。

金馬，指金馬門，宦者署，武帝得大宛馬，以銅鑄像立於署門，因以爲名。

首句破題，「隻日開」新鮮。

次句繼之，「仙才」自夸張。

三句一轉，巧用丁令威典。

四句足成之，暗喻在朝中爲官，那怕是所謂的「仙才」，亦無緣化鶴仙去。

七十七、送馮舍人閣老往襄陽

紫微閣底送君迴，第二廳簾下不開。

莫戀漢南風景好，峴山花盡早歸來。〔註75〕

此詩作於長慶二年（822），居易五十一歲，在長安，任中書舍人。

馮舍人：馮宿，長慶元年，以本官知制誥，二年，轉兵部郎中，牛元翼以深州不從王庭湊，詔授襄州節度使，元翼未出，深州爲庭湊所圍，二年，以宿檢校右庶子，兼御史中丞、賜紫金魚袋，往總留務。……元翼既至，宿乃歸朝，拜中書舍人。

首句破題，次句繼之，「簾下不開」，暗喻心情。

三句一轉，叮嚀馮宿：漢南－襄陽風景雖好，不可久戀。

四句續說上句之意，足成全局。

〔註74〕頁1224。
〔註75〕頁1280。

七十八、曲江憶李十一

　　　李君歿後共誰遊？柳岸荷亭兩度秋。

　　　獨遶曲江行一匝，依前還立水邊愁。〔註76〕

　　此詩亦作於長慶二年。李十一，李建。

　　首句明白破題。

　　二句吟詠曲江美景，並示知歲月。

　　三句承上，仍破題。

　　四句轉而合。「立水邊」，上承「柳岸荷亭」。「依前」上紹首句「水邊愁」，既應「共誰遊」，又綰合全詩。

七十九、題雲隱寺紅辛夷花戲酬光上人

　　　紫粉筆含尖火焰，紅燕脂染小蓮花。

　　　芳情香思知多少？惱得山僧悔出家。〔註77〕

　　此詩作於長慶三年（823），居易五十二歲，在杭州，任杭州刺史。

　　靈隱寺，在武林山南，晉時慧理所建，在杭州。

　　首句用喻破題。

　　次句似直描，仍用燕脂為喻。

　　三句一承一轉：「芳情」即「香思」，但四字連用，便有不凡氣韻。

　　四句虛擬，然以此謔上人，卻正好，蓋適時適地兼適人也。

八十、候仙亭同諸客醉作

　　　謝安山下空攜妓，柳惲洲邊只賦詩。

　　　爭及湖亭今日會？嘲花詠水贈蛾眉。〔註78〕

　　此詩亦作於長慶三年。

　　候仙亭，臨安太守韓皋建，後趙安撫與蔥更造。在靈隱寺前。

　　謝安山，指東山，在浙江上虞縣西南四十五里，謝安故居所在地。

〔註76〕頁 1296。

〔註77〕頁 1354。

〔註78〕頁 1355。

柳惲洲，指（浙江）湖州之白蘋洲，在城東南二百步雪溪中，因採白蘋得名。有梁太守柳惲詩。

首二句一起一承，乃爲後半造勢。二典一熟一生，性質卻近似。

三句切題。

四句述其行徑，以「蛾眉」作結，尤婉妙。

全詩一氣貫下，讀者欣然。

八十一、送李校書趁寒食歸義興山居

大見騰騰詩酒客，不憂生計似君稀。

到舍將何作寒食？滿船唯載樹栽歸。〔註79〕

此詩亦作於長慶三年。

義興，常州一縣，唐屬江南東道。

首句破題，來勢洶洶。

二句承之，恣筆讚美李校書。

三句一轉一問。

四句以一船樹作結，又見「騰騰」之氣概。

八十二、重酬周判官

秋愛冷吟春愛醉，詩家春屬酒家仙。

若教早被浮名繫，可得閑遊三十年？〔註80〕

此詩亦作於長慶三年。

周判官，周元範，居易爲蘇、杭二州刺史時，均爲從事。

首句破題甚雅。

次句繼之，更加益焉。

三句一轉，有讚譽之意。

四句是問是合。

二人雖爲上司下屬，誼同好友，慣於一起閑遊。三十年或誇張，不爲浮名繫應是眞情。

〔註79〕頁 1357。
〔註80〕頁 1376～1377。

八十三、代賣薪女贈諸妓

　　亂蓬爲鬢布爲巾，曉踏寒山自負薪。

　　一種錢塘江畔女，著紅騎馬是何人？〔註81〕

　　此詩亦作於長慶三年。

　　《堯山堂外紀》云：「唐時杭妓承應宴會，皆得騎馬以從。」

　　首句破題，寫賣薪女風姿。

　　次句寫賣薪女的工作及行動。

　　三句一轉，仍用賣薪女口吻。

　　四句補足，寫出諸妓風情。

　　「是何人」三字力透紙背。

　　此詩貧富、正淫之間，不著一字，自見旨歸。

八十四、予以長慶二年冬十月到杭州，明年秋九月始與范陽盧賈……同遊恩德寺之泉洞竹石……

　　雲水埋藏思德洞，簪裾束縛使君身。

　　暫來不宿歸州去，應被山呼作俗人。〔註82〕

　　首句直述。寺在楊村，即慈嚴院，有黑水洞，極大，流水不竭。

　　次句自述自抒。

　　三句述半日即返之行程。

　　四句自嘲，先將此山擬人化。

　　按盧賈爲杭州從事。

八十五、戲醉客

　　莫言魯國書生懦，莫把杭州刺史欺。

　　醉客請君開眼望，綠楊風下有紅旗。〔註83〕

　　此詩作於長慶四年（824），居易五十三歲，仍在杭州任刺史。

　　首句破題，顯示該「醉客」是山東人。

〔註81〕頁 1378。

〔註82〕頁 1380。

〔註83〕頁 1394。

次句自謔謔人。

三句一轉，四句承之，實乃全詩之合。

四句色澤鮮明：紅旗，官府官員之旗也。此上承二句「莫把……欺」。

八十六、答微之上船後留別

烏下樽前一分手，舟中岸上兩迴頭。

歸來虛白堂中夢，合眼先應到越州。〔註84〕

此詩作於長慶三年（823），居易五十二歲，在杭州任刺史。

首句以燭樽烘托餞行之狀。

次句寫分手之態。二句皆用二地點一動作構成。

虛白堂，在杭州刺史治內，治所舊在鳳凰山之右。

三句一轉，回衙入眠入夢。

四句一合，明示元稹乃貶赴越州－浙江。

「合眼先應到」五字傳神。

八十七、醉戲諸妓

席上爭飛使君酒，歌中多唱舍人詩。

不知明日休官後，逐我東山去是誰？〔註85〕

此詩作於長慶四年（824），居易五十三歲，仍任杭州刺史。

首句破題，生動。

次句補述：舍人即使君也。

此二句寫盡自己得意之態，而毫不顧忌，此唐人風習也。

三句一轉，乃虛設之詞，故曰「不知」。

四句東山用典，指隱居地。此詩句暗寓世態炎涼之意。

八十八、聞歌妓唱嚴郎中詩因以絕句寄之

已留舊政布中和，又付新詞與豔歌。

但是人家有遺愛，就中蘇小感恩多。〔註86〕

〔註84〕頁 1526。
〔註85〕頁 1552～1553。
〔註86〕頁 1556。

此詩亦作於長慶四年。

嚴郎中，指嚴休復，為前任杭州刺史。

此詩明寫歌妓，實頌嚴氏。

首句破題，次句承之，已說盡嚴休復好處。

三句一承亦轉。

四句以西湖蘇小小作典故用，謂諸歌妓均唱嚴詩，正表示她們感激嚴之遺愛或政績。

八十九、重寄別微之

憑仗江波寄一辭，不須惆悵報微之。

猶勝往歲峽中別，灩澦堆邊招手時。〔註87〕

此詩亦作於長慶四年。

白居易元和十年三月三十日別元稹於澧上，十四年三月十一日夜遇微之於峽中。

首二句破題，憑江水寄元九，自慰不必惆悵。

三句說明理由：當年三峽彼此留別，旁有危險的灩澦堆，今日猶勝彼時也。「招手」二字生動。

九十、別周軍事

主人頭白官仍冷，去後憐君是底人？

試謁會稽元相去，不妨相見卻殷勤。〔註88〕

此詩亦作於長慶四年。

周軍事，周元範，杭州從事，居易罷杭後，周曾往越州依元稹，後居易為蘇州刺史，周復為從事。

一、二句破題，並流露憐愛不捨之意。

三句直說他可往會稽（越州）依托元稹。

四句足成之。

此詩兼具抒情及實用性質。

〔註87〕頁 1567。
〔註88〕頁 1569，下一首同此。

九十一、看常州柘枝贈賈使君

　　莫惜新衣舞〈柘枝〉，也從塵污汗霑垂。
　　料君即卻歸朝去，不見銀泥衫故時。

　　此詩亦作於長慶四年（824），居易五十三歲，自杭州至洛陽途中，時任太子左庶子。

　　柘枝，柘枝舞，與胡騰舞同屬於健舞曲，同出於西域石國。

　　賈使君，賈餗，字子美，長慶四年爲張又新所構陷，出爲常州（今屬江蘇省）刺史。

　　首二句破題，有安慰賈餗、不齒張又新意。

　　三句一轉，慰他不久將歸朝。

　　四句一合，謂回朝後或將忘此常州不愉快經驗。

九十二、河陰夜泊憶微之

　　憶君我正泊行舟，望我君應上郡樓。
　　萬里月明同此夜，黃河東面海西頭。〔註89〕

　　此詩亦作於長慶四年，由杭州赴洛陽途中。

　　首句實寫破題，次句對寫元稹，是擬想之辭。「憶」、「望」乃互文。

　　三句承而轉。

　　四句自說身在黃河東，而元九在東海之西。反顧三句，乃見「萬里月明」之旨趣。

九十三、酬楊八

　　君以曠懷宜靜境，我因羸步稱閒官。
　　閉門足病非高士，勞作雲心鶴眼看。〔註90〕

　　此詩亦作於長慶四年，在洛陽，任太子左庶子分司。

　　楊八，楊歸厚，是年猶以東城留守判官檢校太子右庶子，乃居易同僚好友。

〔註89〕頁 1573。
〔註90〕頁 1585。

首句破題，譽楊八之曠懷。

次句自抒，乃謙退之辭。「蹇步稱閑官」，「稱」字尤妙。

三句一轉，仍自抒自述。

四句謂楊八以野鶴閒雲相許，愧不敢當。

此詩謙虛中有自許焉。

九十四、夢行簡

天氣妍和水色鮮，閑吟獨步小橋邊。

池塘草綠無佳句，虛臥春窗夢阿憐。〔註91〕

此詩作於寶曆元年（825），居易五十四歲，在洛陽，任太子左庶子分司。

行簡，居易三弟，小名阿憐。

首句布出背景，次句寫自己的行動。

三句前半仍寫景，但已暗用謝靈運「池塘生青草」之文典，後半一轉，乃為四句造勢。

四句切題，為合。「虛臥春窗」之「虛」，無聊也，徒然也，與二句之「閑」對應。

九十五、晚春寄微之并崔湖州

洛陽陌上少交親，履道城邊欲暮春。

崔在吳興元在越，出門騎馬覓何人？〔註92〕

此詩亦作於寶曆元年。

首句直抒破題。

次句補抒，示知季節。

三句說崔玄亮、元稹各在浙江二地為官，上應「少交親」。

四句順流而下，「出門」應「洛陽陌上」，「騎馬」下引「覓何人？」

非我友朋，非「陌」生人而何？

求友之渴，莫甚於此。

〔註91〕頁 1602。

〔註92〕頁 1608。

九十六、吟前篇（自詠）因寄微之

　　君顏貴茂不清羸，君句雄華不苦悲。

　　何事遣君還似我，髭鬚早白亦無兒？〔註93〕

　　此詩作於寶曆元年，居易在蘇州，任蘇州刺史。

　　此詩繼前一首七律〈自詠〉而作：「形容瘦薄詩情苦，豈是人間有相人？」故首二句如此說，以與自己的情況相比較。

　　三句一大轉。

　　四句以白鬚、無子相較，二人居然全同。天意畢竟如何？

九十七、三月二十八日贈周判官

　　一春惆悵殘三日，醉問周郎憶得無。

　　柳絮送人鶯勸酒，去年今日別來都。〔註94〕

　　此詩作於寶曆二年（826），居易五十五歲，在蘇州，任刺史。

　　周判官，周元範，已見前，居易下屬。

　　古人以陰曆一至三月為春季，故三月二十八日時，春天只剩三天，是季春好日子。但佳日不多，故首句有「惆悵」之情。

　　次句續之，亮出主角，增益醉態與問題。

　　三句再說明問的內容：柳下送人，勸酒行觴，但巧用兩個擬人語。

　　四句補出回憶的時地。

　　二人友誼宛然如見。

九十八、酬別周從事二首之一

　　腰痛拜迎人客倦，眼昏勾押簿書難。

　　辭官歸去緣衰病，莫作陶潛范蠡看。〔註95〕

　　此詩亦作於寶曆二年，給周元範。

　　首句破題，兼述己態。

　　次句續之，對仗得妙。前後一體態連綴一事態。

〔註93〕頁 1622～1623。

〔註94〕頁 1663。

〔註95〕頁 1683，下一首同此。

三句述周之情況，卻宛如自述。

四句是撫慰語，卻又像是自謙之辭。

此詩可作雙關意看待，兼寫出居易心中隱情。

九十九、酬別周從事二首之二

洛下田園久拋擲，吳中歌酒莫留連。

嵩陽雲樹伊川月，已校歸遲四五年。

此詩與上詩同旨，是酬別周元範，卻又像訴說自己的心事。

首句破題，周亦自洛陽來，現要歸去。

次句續說，勸他莫戀蘇州景物人。

三句一轉，實承首句，寫得更具體。

四句一合，謂周在四五年前即有歸去之機緣，卻來南方作官僚，今乃得償宿願。

二詩人同境同，情略有異。

一百、見小姪龜兒詠燈詩並臘娘製衣因寄行簡

已知臘子能裁服，復報龜兒解詠燈，

巧婦才人常命薄，莫教男女苦多能。〔註96〕

此詩亦作於寶曆三年。

龜兒，白行簡之子，多詩曾詠之。其〈祭弟文〉（卷六九）云：「龜兒頗有文性，吾每自教詩書，三二年間，必堪應舉。」

首句、次句一併破題，稱弟媳為「臘子」亦令人一新耳目。

三句一轉，實上承一、二。

四句一合：叮嚀備至。「苦多能」三字醒目。

此詩旨意，半真半諷，諷世之妒才。

一〇一、與夢得同登棲靈塔

半月悠悠在廣陵，何樓何塔不同登。

共憐精力猶堪在，上到棲靈第九層。〔註97〕

〔註96〕頁 1691。

〔註97〕頁 7695。

此詩亦作於寶曆二年，在蘇州至洛陽途中。

棲靈塔，在揚州大明寺，塔尤峻特。

夢得，詩人劉禹錫，與居易同年。

首句謂回洛途中，留揚州遊玩半月。

次句細述二人遊蹤遊法。

三句一轉，自述自抒，兼及夢得。

四句直述此遊大概。此句卓有神氣。

一〇二、夢蘇州水閣寄馮侍御

　　揚州驛裏夢蘇州，夢到花橋水閣頭。

　　覺後不知馮侍御，此中昨夜共誰遊？〔註98〕

此詩亦作於寶曆二年，返洛途中。

首句清晰破題。

次句細述夢之內容：蘇州樂橋之北有花橋。在元和縣治東北。

三句一轉，憶及馮侍御（名不詳），蓋當年蘇州共遊之友。

四句一合：昨夜共誰夜遊？一則表示關懷，一則似亦有微妒之意。懷念蘇州其地，兼及其友也。

一〇三、奉使途中戲贈張常侍

　　早風吹土滿長衢，驛騎星軺盡疾驅。

　　共笑籃舁亦稱使，日馳一驛向東都。〔註99〕

此詩作於大和元年（827），居易五十六歲，在長安至洛陽途中，為秘書監。

張常侍，張正甫。

首句破題之「奉使」。

次句繼之，增加聲勢氣氛。

三句一轉：共笑籃舁稱使，乃擬籃舁為人，詩中常見之作法。二人同行，共謔眼前之物。

－－－－－－－－－－－－－

〔註98〕頁 1696。
〔註99〕頁 1727。

四句合，亦呼應二句。

一〇四、雪中寄令狐相公兼呈夢得

兔園春雪梁王令，想對金罍詠玉塵。

今日相如身在此，不知客右坐何人。〔註100〕

此詩作於大和二年（828），居易五十七歲，在洛陽，任秘書監。

令狐相公，令狐楚。

首句破題，借漢朝梁孝王以叮嚀令狐，蓋孝王夙好賓客，司馬相如、鄒陽、枚乘等常在座上，與楚事相似。

次句承之，「金罍」、「玉塵」乃當句對。

三句一轉，以司馬相如自喻。

四句一合：汝之座右，今坐何人？是懷念，亦兼有惆悵之意。

一〇五、姚侍御見過戲贈

晚起春寒慵裹頭，客來池上偶同遊。

東台御史多提舉，莫按金章繫布裘。〔註101〕

此詩亦作於大和二年。

姚侍御，詩人姚合，由武功尉遷監察御史。

首句破題，以慵自抒。

次句續之，呈現貴客。

三句一轉譽客。

四句一合：勸他在此放開胸懷，瀟灑自得，不受俗禮所拘。

四句實與首句「慵裹頭」對應。

按姚合生於七八一年，比居易小九歲，於居易介乎同輩與晚輩之間，故詩中有如此態度流露。

〔註100〕頁 1739。

〔註101〕頁 1743。

一○六、送陝府王大夫

　　金馬門前迴劍珮，鐵牛城下擁旌旗。

　　他時萬一為交代，留取甘棠三兩枝。〔註102〕

　　此詩亦作於大和二年，居易在長安，任刑部侍郎。

　　陝府王大夫，陝虢觀察使王起，兼御史大夫。

　　鐵牛城，指陝州，鐵牛在城北黃河中，頭跨河南，尾在河北，世傳大禹以此牛鎮河患。唐賈至曾作〈鐵牛頌〉。

　　首二句破題，兼述王起之文勛武功。「劍珮」二字已巧妙地表出文武合一之旨。

　　三句一轉，似語出不祥。

　　四句一合：光輝十倍。

　　「甘棠兩三枝」看似漫不經心，細品之則極為風雅。

一○七、代迎春花招劉郎中

　　幸與松筠相近栽，不隨桃李一時開。

　　杏園豈敢妨君去，未有花時且看來。〔註103〕

　　此詩亦作於大和二年。

　　劉郎中，即劉禹錫。

　　首二句破題之前半「迎春花」，而且暗示此「花」乃杏花。以松、筠、桃、李四物烘襯之，亦云巧矣，而且卓見其身分。

　　三句切題，把劉郎中自然引出，卻在全詩中為一大轉折。

　　四句一合，妙極。

　　未有杏花時，桃李花正盛開，何不看桃李？卻來此看未開之杏花！

　　代迎春花，卻先入杏園，還要說得十分風致：「杏園豈敢妨君去」！

〔註102〕頁 1752。

〔註103〕頁 1753。

一〇八、玩迎春花贈楊郎

　　金英翠萼帶春寒，黃色花中有幾般？

　　憑君語向遊人道，莫作蔓菁花眼看。〔註104〕

此詩作亦作於大和二年。

楊郎中，楊汝士。

首句破題，寫迎春花之風姿。

次句承之，讚它之美好，兼述花色。

三句一轉，言及楊汝士。

四句一合，謂迎春花非蔓菁花可比，加一「眼」字湊數，但亦添風味。

一〇九、座上贈盧判官

　　把酒承花花落頻，花香酒味相和春。

　　莫言不是江南會，虛白亭中舊主人。〔註105〕

此詩亦作於大和二年。

盧判官，盧賈，居易任杭州刺史時之舊僚屬。

虛白亭，在杭州。

首句破題，別致。

次句繼之，更有風味。

三句一轉，蓋主客已在京都矣。

四句一合：提醒彼此；杭州有舊誼。

一一〇、杏園花下贈劉郎中

　　怪君把酒偏惆悵，曾是貞元花下人。

　　自別花來多少事？東風二十四迴春。〔註106〕

此詩亦作于大和二年。

杏園已見前，郎中，劉禹錫也。

〔註104〕頁 1753。

〔註105〕頁 1754～1755。

〔註106〕頁 1756。

首句破題：「怪」字提神。

次句重憶貞元年間二人花下相聚之況。白、劉固爲老友也。

三句一轉，仍在「花」字上兜轉。

四句一合，二十四年，二十四春！卻讓「東風」作媒：風與春與酒與友，固一體也。

一一一、別陝州王司馬

　　笙歌惆悵欲爲別，風景闌珊初過春。

　　爭得遣君詩不苦？黃河岸上白頭人。〔註107〕

此詩作于大和三年（829），居易五十八歲，在長安至洛陽途中，任太子賓客分司。

陝州王司馬，指詩人王建。居易長假告滿，免刑部侍郎，授太子賓客分司東都，自京返洛，路過陝州，陝虢觀察使王起及王建皆來迎宴敍。

首句破題。

次句說心情，表節季。

三句一轉，道及王建詩：王詩多寫民生疾苦，故有此說。

四句一合，實亦起也，以白頭人狀王建，與「黃河岸」成當句對。黃河象喻廣大百姓群。

一一二、醉中重留夢得

　　劉郎劉郎莫先起，蘇臺蘇臺隔雲水。

　　酒盞來從一百分，馬頭去便三千里。〔註108〕

此詩作於大和五年（831），居易六十歲，在洛陽，任河南尹。

劉郎，劉禹錫也，二人至親，故如此暱稱之。

首句破題有神，次句以地名應承之。此乃回憶蘇州（時禹錫除蘇州刺史，正將赴任），遙望劉郎新任官處。

〔註107〕頁 1878。

〔註108〕頁 1910。

三句一轉，一百分無中生有。

四句一合：三千里有中若無。

「馬頭去」三字既對「酒盞來」，亦寫出離別之風情。

一一三、勸飲

火急歡娛慎勿遲，眼看老病悔難追。

樽前花下歌筵裏，會有求來不得時。〔註109〕

此詩作於大和六年（832），居易六十一歲，在洛陽，任河南尹。

首句破題，一字不可少。

次句承之，言勸飲之理由。

三句描寫痛飲歡飲之情狀。

四句一合：藉反面陳述再重申勸飲之旨。

一一四、喻妓

燭淚夜黏桃葉袖，酒痕春污石榴裙。

莫辭辛苦供歡宴，老後思量悔煞君。〔註110〕

此爲「府酒五絕」之五，亦作於大和六年。

桃葉疑爲另一府妓，非居易之姬人陳結之。

首句破題，次句承之。二句對仗甚密，實爲一雙互文句，時序、人物皆備。

三句承而轉，「莫辭」，叮嚀備至。

四句一合：如何悔，爲何悔？說得含糊。

一一五、送考功崔郎中赴闕

稱意新官又少年，秋涼身健好朝天。

青雲上了無多路，卻要徐驅穩著鞭。〔註111〕

此詩作於大和七年（833），居易六十二歲，在洛陽，任太子賓客分司。

〔註109〕頁 1911。

〔註110〕頁 1990。

〔註111〕頁 2122。

考功崔郎中，崔龜從，大和年間任考功郎中，史館修撰。

首句破題，藉升官譽之。

次句說崔之狀況，仍是祝福。

三句一轉：以「青雲上了」許之，有展望未來之意。

四句一合：慰、勉不已，卻誡路上徐行，暗喻官場多坎坷也。

一一六、池上送考功崔郎中兼別房竇二妓

　　文昌列宿徽還日，洛浦行雲放散時。

　　鸂鷘上天花逐水，無因再會白家池。〔註112〕

此詩亦作于大和七年。

首句破題，如上一首。

次句以大自然之「行雲放散」烘之喻之。

三句又以大自然作陪，暗喻二妓相隨。

四句一合：惜來日相會之期渺不可測，惜別之意至為殷勤。「白家池」切題。

一一七、春池上戲贈李郎中

　　滿池春水何人愛？唯我迴看指似君。

　　直似接藍新汁色，與君南宅染羅裙。

此詩作於大和八年（834），居易六十三歲，在洛陽，任太子賓客分司。

首句破題，用問句較生動。

次句承之。

三句喻明池水之色，乃一轉。

四句一合：借池水寫友情，卻巧用染羅裙之動作，不失風流灑脫。

一一八、寄明州于駙馬使君三絕句之一

　　有花有酒有笙歌，其奈難逢親故何！

　　近海饒風春足雨，白鬚太守悶時多。〔註113〕

〔註112〕頁 3132。

〔註113〕頁 2179，下二首同此。

此詩亦作於大和八年。

明州，今浙江寧波。

于駙馬，明州刺史于季友，亦詩人也。尚憲宗長女永昌公主。

首句破題，寫明州刺史的生活。

次句一轉，有好景有好酒好歌，卻無親故友好在身邊。「其奈」……「何？」是有力的陳述。

三句寫明州風光。

四句轉抒于季友之情懷。

此詩結構頗不尋常：首二句一起一轉，後二句亦然，而兩兩成雙，所述所抒，實爲一人一事。

次句之「難逢親故」與四句之「悶時多」互相呼應；首句之有花有酒……與三句之「饒風」「足雨」，其實也是對應的。

一一九、寄明州于駙馬使君三絕句之二

> 平陽音樂隨都尉，留滯三年在浙東。
> 吳越聲邪無法用，莫教偷入管絃中。

平陽，在瑞安縣，此泛指浙江之樂。首句破題，兼示主角及地域。

次句補出年月。

三句貶吳越之聲，與首句相應。

四句承之作合。

以詩以音樂爲核心，顯示居易之偏見，但仍流露他對于氏的關懷。

一二〇、寄明州于駙馬使君三絕之三

> 何郎小妓歌喉好，嚴老呼爲一串珠。
> 海味腥鹹損聲氣，聽看猶得斷腸無？

「小妓」，一作「小女」，與「何郎」當爲二人，皆爲當筵演唱之人，藉此二人破題。

按嚴尚書與于季友詩：「莫損歌喉一串珠。」二句本此。

三句衍釋嚴氏之語，是承而轉。

四句以斷腸與否作合。

此詩以歌與歌人為核心，可與二首合看。不過一半是現成的意象和詩思。

一二一、送兗州崔大夫駙馬赴鎮

戚里誇為賢駙馬，儒家認作好詩人。

魯侯不得辜風景，沂水年年有暮春。〔註114〕

此詩亦作於大和八年。

兗州崔大夫駙馬，指崔杞，時為兗、海、沂、密觀察使。娶順宗女東陽公主。

首句破題甚真切。

次句稍有湊合之嫌。

三句轉以魯侯稱之，囑其到山東以後好自享受風光。

四句補之以為合。

一二二、早秋登天宮寺閣贈諸客

天宮閣上醉蕭辰，絲管閒聽酒慢巡。

為向涼風清景道，今朝屬我兩三人。〔註115〕

此詩亦作於大和八年。

天宮寺，在洛陽城。

首句破題，著一「醉」字，亦微應題中之「諸客」。

二句續之，增加音樂；「閒」字與「醉」字遙應。

三句將「涼風清景」擬人化，且假擬一句對話。

四句是對話的內容。豪放自得。「兩三人」恰應題目中的「諸客」。

一二三、送宗實上人遊江南

忽辭洛下緣何事？擬向江南住幾時？

每過渡頭傷問法，無妨菩薩是船師。〔註116〕

〔註114〕頁 2186。
〔註115〕頁 2192。
〔註116〕頁 2202。

此詩亦作於元和八年。

宗實上人，神照弟子，樊澤之子，神照為禪宗荷澤宗之弟子。

首句破題，次句續之；人、地、時已全。

三句一轉，貼合宗實之身分，但設想得妙：「過渡頭」應「遊」，「傷問法」應「上人」。

四句一合，乃無上妙解。此詩首二句乃布局，後二句解頤。

一二四、龍門送別皇甫澤州赴任韋山人南遊

　　隼旗歸洛知何日？鶴駕還嵩莫過春。

　　惆悵香山雲水冷，明朝便是獨遊人。〔註117〕

此詩作於大和九年（835），居易六十四歲，在洛陽，任太子賓客分司。

龍門，指洛陽龍門山。

皇甫澤州，澤州刺史皇甫曙。為李逢吉所拔擢。

韋山人，韋楚。隱居洛陽伊闕山平泉。

首句、次句分別破題，一句寫皇甫曙，二句寫韋楚。

對仗甚好。

三句一轉，謂北方之風景已因二人南遊而冷寂。

四句一合：二人同出發，不久便獨赴獨遊了。

同時送二人，卻以一詩贈之，亦頗別出心裁。

一二五、寄楊六侍郎（時楊初授戶部，予不赴同州。）

　　西戶最榮君好去，左馮雖穩我慵來。

　　秋風一筯鱸魚鱠，張翰搖頭喚不回。〔註118〕

此詩亦作於元和九年。在洛陽，任同州刺史。

楊六侍郎，楊汝士。

首句破題，勉勵對方去長安赴戶部任。

〔註117〕頁 2224。
〔註118〕頁 2228。

次句自抒，謂不願赴同州刺史之任，與首句對比。

三、四句一轉一合，藉張翰秋風起思吳地故鄉之典，微示退隱之意。

「搖頭喚不回」，是耶非耶？

一二六、裴令公席上贈別夢得

　　年老官高多別離，轉難相見轉相思。

　　雪銷酒盡梁王起，便是鄒枚分散時。〔註119〕

此詩作於開成元年（836），居易六十五歲，在洛陽，任太子少傅分司。

首句實寫破題。

次句繼之，加重感慨。

三句以梁孝王喻裴度。「雪銷酒盡」四字，不但描寫諸人席間興致，亦暗示季節。

四句轉而合：吾乃鄒陽、汝乃枚乘，明日必將分手矣。

劉夢得在詩人中，與白居易之交情，僅次於元稹，故此詩感傷實多。

裴度時為東都留守。

一二七、歡春風兼贈李二十侍郎二絕之一

　　樹根雪盡催花發，池岸冰銷放草生。

　　唯有鬢霜依舊白，春風於我獨無情。〔註120〕

此詩亦作於開成元年。下一首同。

李二十侍郎，李紳，時自浙江觀察使以太子賓客分司洛陽。

首句以季節現象破題，恰切題目之「春風」。

次句繼之，更添風致。

三句一轉，由自然回到人身上。

四句一合：妙在應合前二句，而兼攝三句，藉此抒自「歡」之情。

〔註119〕頁 2244。

〔註120〕頁 2250，下一首同此。

一二八、歎春風兼贈李二十侍郎二絕之二

　　　道場齋戒今初畢，酒伴歡娛久不同。
　　　不把一盃來勸我，無情亦得似春風。

　　首句天外飛來，必有事實為本。

　　次句入題，歎久不同聚歡飲。

　　三句一轉，終於落實到李二十身上，乃是用的假擬語氣。

　　四句一合甚妙，乃是遠接第一首第四句之春風於我無情！

一二九、贈談客

　　　上客清談何亹亹，幽人閒思自寥寥。
　　　請君休說長安事，膝上風清琴正調。〔註121〕

　　此詩亦作於開成元年。

　　談客疑為談弘謨，居易之婿。

　　首句直接破題。

　　次句「幽人」仍指談客，復以「寥寥」對「亹亹」，譬之甚深切。

　　三句一轉：叮嚀切至。長安，代表富貴、政治、人世糾結。

　　四句又一轉，實為一合：膝上琴音，正可引導讀者向「風清」的
方位。

一三〇、曉眠後寄楊戶部

　　　軟綾腰褥薄棉被，涼冷秋天穩暖身。
　　　一覺曉眠殊有味，無因寄與早朝人。〔註122〕

　　此詩亦作於開成元年。

　　楊戶部，指楊汝士。

　　首句以具體之眠床物事破題。

　　次句寫季節感覺。「涼冷」與「穩暖」當句相對。

　　三句合前啟後。

　　四句表示遺憾：在京早朝之人，不能享受早晨高臥之清福也。

〔註121〕頁 2266。
〔註122〕頁 2271。

太子少傅分司，閒官也。

一三一、酬令公雪中見贈訝不與夢得同相訪

雪似鵝毛飛散亂，人披鶴氅立徘徊。

鄒生枚叟非無興，唯待梁王召即來。〔註123〕

此詩亦作於開成元年。

令公，指裴度。

首句寫雪景，用一常見之喻。

次句寫裴度，卻以鶴氅之實錄對上首句之喻依鵝毛。鵝、鶴本形似，更添其工妙。

鄒陽、枚乘，皆漢人梁孝王門客，以喻己與禹錫，三句引此一轉，「非無興」，似軟實強。

四句以梁王直寓裴度。

回看題目上之「訝不與夢得同相訪」，恍悟末二句之命意，甚愜人心。

一三二、楊六尚書新授東川節度使代妻戲賀兄嫂二絕之一

劉綱與婦共升仙，弄玉隨夫亦上天。

何似沙哥領崔嫂，碧油幢引向東川。〔註124〕

此詩亦作於開成元年。

楊六尚書，楊汝士。《舊唐書・文宗紀》：「（開成元年十二月）癸丑，以兵部侍郎楊汝士檢校禮部尚書、充劍南東川節度使。」

沙哥，楊汝士小字，居易為其妹婿。崔嫂，汝士妻崔氏。

首二句用二典，均為夫妻成仙者。是起，亦是承，是比亦是興。

三句直陳。

四句繼之，是合，亦是全詩總意。

〔註123〕頁 2283。

〔註124〕頁 2290，下一首同此。

一三三、楊六尚書新授東川節度使代妻戲賀兄嫂二絕之二

金花銀椀饒兄用，罨畫羅衣盡嫂裁。
覓得黔妻爲妹婿，可能空寄蜀茶來！

首句破題，言楊汝士富貴之狀。

次句繼之，又涉其妻。

三句自謙自謔：居易豈貧人哉！

四句似有所求而實空擬：蜀茶如蒙頂茶亦本有名。

二詩「代妻戲賀」，於楊實乏深情，故不免用典、塡塞。

一三四、送盧郎中赴河東裴令公幕

別時暮雨洛橋岸，到日涼風汾水波。
荀令見尹應問我，爲言秋草閉門多。〔註125〕

此詩作於開成二年（837），居易六十六歲，在洛陽，任太子少傅分司。

盧郎中，盧簡求。

河東裴令公，裴度。大和九年十月，度進位中書令。開成二年五月，復以本官兼太原尹、北都留守、河東節度使。

首二句破題：由洛而汾，暮雨、涼風，半寫實半擬設，對仗亦工。

三句以荀令比裴度，仍爲擬設之辭。

四句代擬答辭：秋草，遙應「暮雨」、「涼風」；「閉門」，遙合「別時」。「多」，趁韻，亦表情意，尚不失自然。

一三五、感舊石上字

閒撥船行尋舊池，幽情往事復誰知？
太湖石上鐫三字，十五年前陳結之。〔註126〕

此詩作於開成四年（839），居易六十八歲，在洛陽，任太子少傅分司。

陳結之，居易之姬人桃葉本名。

〔註125〕頁2313。
〔註126〕頁2400。

其〈結之〉詩云：「歡愛今何在？悲啼亦是空。」可作本詩旁証。

首句破題：尋桃葉舊蹤。

次句敷陳其情。

三句一轉：三字在石，舊情難忘。

四句補出女主角名字及歲月。

此詩似淡實郁。

一三六、戲禮經老僧

香火一爐燈一盞，白頭夜禮《佛名經》。

何年飲著聲聞酒？直到如今醉未醒。〔註127〕

此詩亦作於開成四年。

首句佈置老僧道場。

次句續之，順理成章。

三句一轉，頗為訝人：聲聞，小乘也；聲聞酒，以喻體置喻依之上，成其妙喻。

四句順勢而下，似合非合。

既以「戲」字打頭，全詩亦敬亦謔。

一三七、強起迎春戲寄思黯

杖策人扶廢病身，晴和強起一迎春。

他時寒跋縱行得，笑殺平原樓上人。〔註128〕

此詩作於開成五年（840），居易六十九歲，在洛陽，任太子少傅分司。

思黯，牛僧孺，開成四年八月任山南東道節度使，此時在襄州任所。

首句破題：自述自抒，為「強起」作一詮說。

次句先以「晴和」註春，「強起一迎春」重複題目而加一「一」字，有力。

〔註127〕頁2403。

〔註128〕頁2407。

三句虛擬未來，有濃郁的自謔意味。

四句以「平原樓上人」稱牛氏。「笑殺」亦虛擬：「平原樓上」與「蹇跛」對峙。

一三八、題香山新經堂招僧

煙滿秋堂月滿庭，香花漠漠磬泠泠。

誰能來此尋真諦？白老新開一藏經。〔註129〕

此詩亦作於開成五年。

香山寺，龍門十寺之一，後魏時所建，在洛陽南三十里香山，為十寺之首。

首句破題，寫香山寺之自然景色。

次句寫人為之供品及樂器。

三句一轉，轉入正題：招僧。

四句合之：我開新經營，再強調招僧之旨。

詩中以「白老」自稱，樂天真垂垂老矣。

一三九、早入皇城贈王留守僕射

津橋殘月曉沉沉，風露淒清禁署深。

城柳宮槐謾搖落，悲愁不到貴人心。〔註130〕

此詩亦作於開成五年。

王留守僕射，王起。開成元年八月充山陵鹵簿使……尋檢校左僕射、東都留守。

首句破「皇城」題，天津橋之殘月沉沉，尤令人難以為懷。

次句繼之，更添氣氛。

三句承而轉，「謾搖落」表面與「曉沉沉」相應，其實情緒已經轉變。

四句謂王起是貴人，心胸廓落，能不為外物外境而悲愁。

〔註129〕頁 2429。

〔註130〕頁 2431。

一四〇、山下留別佛光和尚

> 勞師送我下山行，此別何人識此情？
>
> 我已七旬師九十，當知後會在他生。〔註131〕

此詩作於會昌元年（841），居易七十歲，在洛陽，任太子少師分司。

佛光和尚，佛光寺僧如滿，佛光寺在洛陽。白氏〈醉吟先生傳〉（卷七〇）：「與嵩山僧如滿為空門友。」按：如滿曾任五台山金閣寺。居易實為如滿弟子。

首句破題，頗為親切。

次句說得有些神秘，足見二人情誼之不凡。

三句一轉，實述二人年歲。

四句一合，亦直抒心意，莊重中含悲涼。

一四一、病後喜過劉家

> 忽憶前年初病後，此生甘分不銜盃。
>
> 誰能料得今春事，又向劉家飲酒來？〔註132〕

此詩亦作於會昌元年。

劉家，指劉禹錫家。

首句破題，次句承之。「此生甘分」，何等沉重，又何等瀟灑。

三句一大轉：「誰能料得」四字，即足可令你我浮一大白。

此詩為「會昌元年春五絕句」之一，三句終於露白：「今春」。

四句一合，「劉家」二字，於此何等親切！

一四二、贈舉之僕射（今春與僕射三為寒食之會。）

> 雞毬餳粥屢開筵，談笑謳吟間管弦。
>
> 一月三迴寒食會，春光應不負今年。〔註133〕

此詩作於會昌元年，在洛陽。

〔註131〕頁 2433。
〔註132〕頁 2435。
〔註133〕頁 2439，下一首同此。

舉之僕射，王起。

首句以二意象破題。

二句再增三意象。

三句縮合之：「寒食會」正應合「屢開筵」。

四句「春光」仍切「寒食會」，「不負」生動，「今年」沉底。

四句三會，別見風流之致。

一四三、盧尹賀夢得會中作

　　病聞川尹賀筵開，起伴尚書飲一盃。

　　任意少年長笑我，老人自覓老人來。

同上，作於會昌元年。

盧尹指盧貞，河南尹。夢得，劉禹錫，時任檢校禮部尚書兼太子賓客。

首句破題，次句承之，自見層次。

三句「少年」當指盧貞，或泛指。

四句二老人並指居易自己和禹錫。

若將「少年」解作泛泛之稱，則二人繫盧、白、劉三人矣。

老友相會，自別有風味。

一四四、勸夢得酒

　　誰人功畫麒麟閣？何客新投魑魅鄉？

　　兩處榮枯君莫問，殘春更醉兩三場。〔註134〕

此詩亦作於會昌元年。

首句自問不答，二句承之。

三句承而又轉：兩處指麒麟閣和魑魅鄉，「榮枯」一屬上，一屬下。「君莫問」是轉。自己問了又問，卻不許對方發問，妙。

四句一合，盡其題意。「殘春更醉」，興會淋漓，「兩三場」竟可視作餘音矣。

〔註134〕頁 441。

一四五、過裴令公宅二絕句之一

風吹楊柳出牆枝，憶得同歡共醉時。
每到集賢坊地過，不曾一度不低眉。〔註135〕

此詩亦作於會昌元年。

此詩題下有自註云：「裴令公在日，常同聽〈楊柳枝〉歌，每遇雪天，無非招宴，二物如故，因成感情。」

首句破題，次句續成之。

三句稍嫌湊字，但亦不可或缺。洛陽集賢坊乃裴度宅所在地。

四句一合，「不曾低眉」中加「一度」，更增力道，更添韻趣。

一四六、過裴令公宅二絕句之二

梁王舊館雪濛濛，愁殺郫枚二老翁。（此句兼屬夢得。）
假使明朝深一尺，亦無人到兔園中。

首句仍以梁孝王喻裴度，次句並舉己與劉禹錫。

此二句以「雪濛濛」貫穿三人一園。而雪與三翁之白頭，正好相映成趣。

三句一轉，由過去跳到未來，四句續之，收結全篇，但「亦無人到兔園中」七字，不免句疲意弱。

一四七、寄潮州繼之

相府潮陽俱夢中，夢中何者是窮通？
他時事過方應悟，不獨榮空辱亦空。〔註136〕

此詩亦作於會昌元年。

潮州繼之，楊嗣復，先貶潮州刺史，或云再貶湖州司馬。實為潮州司馬之誤。按楊曾拜相於前。

首句破題，以往和現在，俱網羅在內。次句進一步抒寫感慨。醒時拜相是通，貶潮為窮；夢中又如何？莫非恰恰相反？故有此問。

三句一轉：擬設未來之心情。

〔註135〕頁 2442，下一首同此。
〔註136〕頁 2448。

四句寫出本詩主題：人生在世，榮辱皆空，此莊子齊物論之旨意也。

四句之榮辱，恰與二句之窮通遙相呼應。

本詩亦可歸入哲理詩一類。

一四八、贈思黯（前以〈履道新小灘〉詩寄思黯，報章云：「請向歸仁砌下看。」思黯歸仁宅亦有小灘。）

　　爲憐清淺愛潺湲，一日三迴到水邊。

　　若道歸仁灘更好，主人何故別三年？〔註137〕

此詩亦作於會昌元年。

思黯，牛僧儒，會昌元年仍在山南東道節度使任上。

首句寫小灘之水，次句繼之，一日三回，正切首句之「憐」字，憐者，愛也，戀戀也。

三句始正破題，省略「思黯」二字。

四句一合，卻有諷諭之意。

文人爲官，總念念不忘歸隱之思，且推己及人焉。

一四九、出齋日喜皇甫十早訪

　　三旬齋滿欲銜盃，平旦敲門門未開。

　　除卻朗之攜一榼，的應不是別人來。〔註138〕

此詩作於會昌二年（842），居易七十一歲，在洛陽。

皇甫十，即皇甫曙。二人交往贈答甚密。

居易學佛甚爲虔誠，故恪守三旬齋，首句以此破題，且以「欲銜盃」作結，次句勾連前句，應題之後半「皇甫十早訪」。

三句足成前意，四句順流而下。

一五〇、攜酒往朗之莊居同飲

　　慵中又少經過處，別後都無勸酒人。

　　不挈一壺相就醉，若爲將老度殘春！〔註139〕

〔註137〕頁2452。

〔註138〕頁2520。

〔註139〕頁2523。

此詩亦作於會昌二年。

朗之，皇甫曙字。

首二句灑逸自如，「少經過」扣住題面的「往」，「勸酒人」扣住題面的「同飲」。

三句自反面說，四句正答若反。

一五一、招山僧

能入城中乞食否？莫辭塵土污袈裟。

欲知住處東城下，遶竹泉聲是白家。〔註140〕

此詩亦作于會昌二年。

首句破題甚妙，次句承之，不失正言莊語。

三句一轉，自我介紹。

四句續而合之，以「遶竹泉聲」招山僧，亦可謂大雅矣。

一五二、戲問牛司徒

斗藪塵纓捋白鬚，半酣扶起問司徒。

不知詔下懸車後，醉舞狂歌有例無？〔註141〕

此詩亦作於會昌二年。

牛司徒，牛僧孺，時再為東都留守。

首句以三個意象破題。

次句自狀，且發問。

三句一轉，亮出對方身分。

四句有勸酒勸歌舞之意，卻婉言用問句出之。

一五三、喜裴濤使君攜詩見訪醉中戲贈

忽聞扣戶碎吟聲，不覺停杯倒屣迎。

共放詩狂同酒癖，與君別是一親情。〔註142〕

此詩作於會昌四年（844），居易七十三歲，在洛陽，以刑部尚書

〔註140〕頁 2526。

〔註141〕頁 2549。

〔註142〕頁 2556。

致仕。

裴濤使君，當作裴儔，時自和州改爲滁州刺史。

首二句破題，寫二人互動情狀甚好。

三句綰合前二句，上共下同，上詩下酒，上狂下癖，而以一「放」串連之。

四句一合，反倒是可有可無了。

一五四、寄黔州馬常侍

閒看雙節信爲貴，樂飲一杯誰與同？
可惜風情與心力，五年拋擲在黔中。〔註143〕

此詩亦作於會昌二年。

黔州馬常侍，馬植，加檢校左散騎常侍，加中散大夫，開成三年轉黔中觀察使。

首句就對方的官職切題而抒，次句加碼。

三句一轉，甚爲惋惜，但「風情與心力」五字，亦使足勁道。

四句一合，「五年」明表歲月，「拋擲」上應「可惜」，此中情意，值得細品。

以上一五四首贈人寄人詩，內容繁富龐雜，足見白居易交遊之夥，感情之開闊。

大致說來，此一五四詩有以下十種內涵：

一、詩酒之樂。

二、思念之忱。

三、仕隱之念。

四、惋惜之情。

五、互動之趣。

六、祝福之意。

七、悼別之思。

〔註143〕頁 2570。

八、招請之誠。

九、勸誡之旨。

十、陶醉之詠。

捌、和人答人

一、和王十八薔薇澗花詩有懷蕭侍御兼見贈

霄漢風塵俱是繫，薔薇花委故山深。

憐君獨向澗中立，一把紅芳三處心。〔註144〕

此詩作於元和二年（807），三十六歲，任盩厔尉。

王十八，王質夫。薔薇澗在仙遊寺。

首句破題，甚有風致。霄漢，逍遙遊也；風塵，入世之旅也。

次句「委」可二解，一，委托；二，萎謝。重點恰在「故山深」。

三句以「憐」打頭。「澗中立」乃半寫實半比喻。

四句「一把紅芳」應薔薇澗。「三處心」當指王質夫、蕭侍御、白居易。

二、見尹公亮新詩偶贈絕句

袖裏新詩十首餘，吟看句句是瓊琚。

如何持此將干謁，不及公卿一字書？〔註145〕

此詩作於元和元年（806），居易三十五歲，在長安，任盩厔尉。

尹公亮，疑即尹縱之。

首句破題，袖裏新詩，令人聯想到「袖裏乾坤」。

次句用尋常之喻，「吟看」平實而切。

三句一轉訝人。

四句一合，令人感歎。是諷刺，也是沉痛。與二句呈強烈對比。

〔註144〕頁748。

〔註145〕頁763。

三、答張籍因以代書

　　　憐君馬瘦衣裳薄，許到江東訪鄙夫。

　　　今日正閑天又暖，可能扶病暫來無？〔註146〕

　　此詩作於元和四年（809），居易三十八歲，在長安，任左拾遺、翰林學士。

　　首句破題，憐、瘦、薄，一以貫之。

　　次句江東，指長安曲江之東，時居易居新昌里，在曲江東北，故曰江東。張籍此刻居長安西部延康里。

　　「許」字親切，「鄙夫」乃自謙之詞。

　　三句一轉，實亦承也。

　　四句一合，「扶病」上應「馬瘦衣裳薄」。

　　三句之「閑」、之「天又暖」，恰好與首句對擎。

四、見元九悼亡詩因以此寄

　　　夜淚闇銷明月幌，春腸遙斷牡丹亭。

　　　人間此病治無藥，唯有〈楞伽〉四卷經。〔註147〕

　　此詩作於元和五年（810），居易三十九歲，在長安，任左拾遺、翰林學士。

　　元稹集卷九有〈遣悲懷〉三首，乃悼亡詩之名作。

　　首句破題甚為傳神。次句續之，稍湊。

　　三句縮合前二句之意境而加碼。

　　四句一轉一合，居易信佛甚早，此語出自肺腑。

五、酬錢員外雪中見寄

　　　松雪無塵小院寒，閉門不似住長安。

　　　煩君想我看心坐，報道心空無可看。〔註148〕

　　此詩亦作於元和五年，任京兆戶曹參軍、翰林學士。

〔註146〕頁801。

〔註147〕頁802。

〔註148〕頁811。

錢員外，錢徽。

首句破題，增一「松」字。

次句俏妙：閉門則境窄，不似京都光景。

三句一轉，謂錢氏想我之心。

四句一合，謂己已心空，無可看心矣。

友誼之表現，由有到「無」。

六、重酬錢員外

雪中重寄〈雪山偈〉，問答慇懃四句中。

本立空名緣破妄，若能無妄亦無空。〔註149〕

此詩亦作於元和五年，與前詩同時。

首句去松存雪，多了一偈。

次句專寫其偈。

三句一承一轉。

四句之合：無妄無空，比前詩更進一層。

七、酬王十八見寄

秋思太白峯頭雪，晴憶仙遊洞口雲。

未報皇恩歸未得，慚君爲寫〈北山文〉。〔註150〕

此詩約作於元和三年（808）至元和六年（811），在長安。王十八，即王質夫。仙遊洞，在仙遊寺。

首句破題切景，次句承之，如畫。

三句一轉，欲歸未得。

四句一合，謂未能應合對方雅意。

末句之北山，恰對應首句之太白峯。

〔註149〕頁812。

〔註150〕頁816。

八、和錢員外青龍寺上方望舊山

　　　　舊峯松雪舊溪雲，悵望今朝遙屬君。
　　　　共道使臣非俗吏，南山莫動〈北山文〉。〔註151〕

　　此詩約作於元和四年（809）到元和六年（811），在長安、任翰林學士。

　　青龍寺，在長安朱雀門東第五街新昌坊。

　　按錢徽曾住藍田山下。

　　首句七字籠罩五個意象，又穿插二「舊」，切題面之「舊山」。

　　次句與你我之友誼聯結。

　　三句一轉。

　　四句又是南山，又是北山，長安城裏外，非俗吏者何其多也！

九、答元奉禮同宿見贈

　　　　相逢俱歡不閑身，直日常多齋日頻。
　　　　曉鼓一聲分散去，明朝風景屬何人？〔註152〕

　　此詩約作於元和三年（808）至元和六年（811），居易在長安，任翰林學士。

　　首句破題，「不閑身」是主體。

　　次句言二人皆多值日。

　　三句一轉，實寫二人早晨分散。

　　四句一合，是問是憾。

十、駱口驛舊題詩

　　　　拙詩在壁無人愛，鳥汙苔侵文字殘。
　　　　唯有多情元侍御，繡衣不惜拂塵看。〔註153〕

　　此詩作於元和四年（809），居易三十八歲，在長安，任左拾遺、翰林學士。爲「酬和元九東川路詩十二首」之第一首。

〔註151〕頁 818。
〔註152〕頁 831。
〔註153〕頁 831。

首句直陳破題。

次句細寫「舊」字。

三句一轉，引出元九來。

四句前四字倒裝，後三字上承第二句，「鳥」、「苔」化爲「塵」矣。

十一、見楊弘貞詩賦因題絕句以自諭

賦句詩章妙入神，未年三十即無身。

常嗟薄命形顦顇，若比弘貞是幸人。〔註154〕

此詩作於元和十年（815），居易四十四歲，在長安，任太子左贊善大夫。

楊弘貞約逝世於元和初。

首句破題，讚譽弘貞。人死爲神，其詩賦豈能不妙？

次句悼之，說明楊氏未滿三十即夭折。

三句自抒。

四句比照弘貞。

全詩四句抑揚頓挫，甚見筆力。

十二、聽水部吳員外新詩因贈絕句

朱紱仙郎〈白雪〉歌，和人雖少愛人多。

明朝說向詩家道，水部如今不姓何。〔註155〕

此詩作於元和十年（815），居易四十四歲，在長安，任太子左贊善大夫。

水部吳員外，吳丹，元和間官水部員外郎。

首句破題，實寫加譽。

次句以「和人」、「愛人」相比，仍是稱譽之詞。

三句一轉，實爲虛擬之辭。

四句合得巧妙：吳丹與何遜，同爲水部員外郎，但是姓氏不同；所同者，詩好天下也。

〔註154〕頁 900。

〔註155〕頁 912。

十三、藍橋驛見元九詩（詩中云：「江陵歸時逢春雪。」）

> 藍橋春雪君歸日，秦嶺秋風我去時。
>
> 每到驛亭先下馬，循牆遶柱覓君詩。〔註156〕

此詩亦作於元和十年，長安至江州途中。

首句破題，切合元九原詩。

次句轉向自身，對仗得工巧。

三句寫實，切題。

四句覓君詩而得，前四字極為生動。

十四、武關南見元九題山石榴花見寄

> 往來同路不同時，前後相思兩不知。
>
> 行過關門三四里，榴花不見見君詩。〔註157〕

此詩亦作于元和十年，由長安至江州道中。

武關在高洛縣東南九十里。今屬陝西省。

首句破題，「同路不同時」入神。

次句承之，甚為貼切。

三句實寫。

四句妙合：見詩不見花，見詩不見人，然花在詩中，人在詩心。

十五、江上吟元八絕句

> 大江深處月明時，一夜吟君小律詩。
>
> 應有水仙潛出聽，翻將唱作〈步虛詞〉。〔註158〕

此詩亦作于元和十年，長安至江州途中。

元八，元宗簡。

首句七字氣勢不凡，破題有力。

次句繼之，稍緩聲勢。

三句乃「游魚出聽」之換骨句，水仙二字入神。

〔註156〕頁931。
〔註157〕頁934。
〔註158〕頁940。

　　四句〈步虛詞〉乃樂府新曲歌辭名，詠眾仙縹緲高舉之美。水仙詠仙，何等美妙意境！

十六、答微之（微之於閬州西寺，手題予詩。予又以微之百篇題此屏上，各以絕句相報答之）

　　　　君寫我詩盈寺壁，我隨君句滿屏風。
　　　　與君相遇知何處？兩葉浮萍大海中。〔註159〕

　　此詩作於元和十二年（817），居易四十六歲，在江州，任江州司馬。

　　首句破題，卻不說閬州西寺。

　　次句繼之。一來一往：寺壁、屏風，其實一也。

　　三句承而又轉。

　　四句以二喻作結。浮萍，二友也；大海，人間也。

　　人間至友，不過二葉！

十七、送蕭鍊師步虛詞十首卷後以二絕繼之之一

　　　　欲上瀛洲臨別時，贈君十首〈步虛詞〉。
　　　　天仙若愛應相問，向道加州司馬詩。〔註160〕

　　此詩作於元和十三年（818），居易四十七歲，仍為江州司馬，下一首同此。

　　蕭鍊師，道士也。

　　首句點明地點，實彰顯鍊師之身分。

　　次句繼之，寫出主體。

　　三句一轉，自得之情了然可見。

　　四句以己身己詩為合。

　　此詩可謂和己作之詩。

〔註159〕頁 1092。
〔註160〕頁 1115，下一首同此。

十八、送蕭鍊師步虛詞十首卷後以二絕繼之之二

> 花紙瑤緘松墨字，把將天上共誰開？
>
> 試呈王母知堪唱，發遣雙成更取來。

首句仔細描寫其〈步塵詞〉之形貌。

次句寫〈步虛詞〉十首之動向。

王母娘娘乃天仙之代表，「知堪唱」似謙虛，實為自豪之辭。

四句以仙女雙成為使者，足成王母之旨意。

十九、奉酬李相公見示絕句（時初聞國哀。）

> 碧油幢下捧新詩，榮賤雖殊共一悲。
>
> 涕淚滿襟君莫怪，甘泉侍從最多時。〔註161〕

此詩作於元和十五年（820），居易四十九歲，在忠州，任忠州刺史。

憲宗元和十五年正月，帝服柳泌金丹，多躁怒，左右宦官往往犯罪有死者，人人自危，至是暴崩於中和殿，皆言內侍陳弘志弒君。所謂「國哀」乃指此事。

李相公，李絳，是年李絳自河中觀察使復入相為兵部尚書。

首句明示官職及當時行動。

次句二人有志（悲）一同。

三句一轉，由落涕淚而轉勸對方。

四句謂已曾久侍憲宗（元和二年十一月六日自盩厔尉充翰林學士，六年四月丁憂出院，歷時三年餘），故云「甘泉侍從最多時」。

此詩涉及二臣一君，安排位置甚恰當。

二十、朝回和元少尹絕句

> 朝客朝迴迴望好，盡紆朱紫佩金銀。
>
> 此時獨與君為伴，馬上青袍唯兩人。〔註162〕

此詩作於長慶元年（821），居易五十歲，在長安，任主客郎中，知制誥。

〔註161〕頁1194。

〔註162〕頁1235。

元少尹，元宗簡。

首句破題，用二「朝」二「迴」，似爲故意的安排。

次句「朱紫」、「金銀」亦蓄意彙集。

三句一轉，卻正好切題。

四句繼三句，合得瀟灑。「青袍」遙應二句之「朱紫」與「金銀」。

二人友誼深厚，不在言下。

二十一、重和元少尹

　　鳳閣舍人京兆尹，白頭俱未著緋衫。

　　南宮起請無消息，朝散何時得入銜？〔註163〕

首句前四字、後三字各指一人。

次句微慨二人官卑。

三句一承而轉。「南宮」上應「鳳閣」。

四句爲主旨所在，微有怨意。

二十二、馮閣老處見與嚴郎中酬和詩因戲贈絕句

　　乍來天上宜清淨，不用迴頭望故山。

　　縱有舊遊君莫憶，塵心起即墮人間。〔註164〕

此詩亦作於長慶元年。

馮閣老，指馮宿。長慶元年，以本官知制誥。

嚴郎中，指嚴休復，吏部郎中，元和十二年爲杭州刺史。

首句謂馮宿已脫離塵俗，爲清閒之官。

次句勸他（或賀他）不用回首。

三句轉而似承。

四句妙合：塵心若起，必墮人間世。

三人互作「仙遊」之辭耳。

〔註163〕頁 1236。
〔註164〕頁 1245。

二十三、和韓侍郎題楊舍人林池見寄

　　　　渠水闇流春凍解，風吹日炙不成凝。
　　　　鳳池冷暖君譜在，二月因何更有冰？〔註165〕

　　此詩作於長慶二年（822），居易五十一歲，在長安，任中書舍人。

　　韓侍郎，韓愈。楊舍人，楊嗣復，長慶元年十月以庫部郎中、知制誥，正拜中書舍人。

　　首句實寫破題。

　　次句繼之，補述天候感覺。

　　三句出「鳳池」，語涉雙關。

　　四句足成之。

　　水也，流也，凍也，凝也，冷暖也，冰也，一氣貫下，值得細品細思。

二十四、赴杭州重宿棣華驛見楊八舊詩感題一絕

　　　　往恨今愁應不殊，題詩梁下又踟躕。
　　　　羨君猶夢見兄弟，我到天明睡亦無。〔註166〕

　　此詩作于長慶二年（822），居易五十一歲，長安至杭州途中，任杭州刺史。

　　居易有〈棣華驛見楊八題夢兄弟詩〉（卷十八）：「遙聞旅宿夢兄弟，應為郵亭名棣華。」驛應在杭州近郊。

　　此詩乃續前詩而作，故有首句「往恨今愁」四字。「應不殊」更增氣勢。

　　次句題詩踟躕，添益氣氛。

　　三句之羨，理所當然。

　　四句無眠，順水推舟。

　　起承轉合，何等自在！

〔註165〕頁 1276。
〔註166〕頁 1318。

二十五、答微之泊西陵驛見寄

煙波盡處一點白，應是西陵古驛台。
知在台邊望不見，暮潮空送渡船回。〔註167〕

此詩作於長慶三年（823），居易五十一歲，在杭州，任杭州刺史。

西陵驛，在蕭山縣西十二里。

首句寫景，讀者為之凝神，然後立即迎來次句，表明此即「主角」西陵驛。

三句一承一轉：台邊望友。

四句一合，無限惆悵。

四句之「暮潮」，上應首句之「煙波」。

二十六、崔侍御以孫子三日示其所生詩見示因以二絕和之之一

洞房門上掛桑弧，香水盆中浴鳳雛。
還似初生三日魄，嫦娥滿月即成珠。〔註168〕

此詩作於寶曆元年（825），居易五十四歲，在洛陽，任太子左庶子分司。

崔侍御，名不詳，非指崔韶。

首二句以實景述新生兒時家中擺設及浴嬰之狀，一句實寫，一句用喻。

三句再次用喻：三日嬰兒如初三眉月。妙。

金句更進一步：此子滿月時即成掌上珠矣。

二十七、崔侍御以孫子三日示其所生詩見示因以二絕和之之二

愛惜肯將同寶玉，喜歡應勝得王侯。
弄璋詩句多才思，愁殺無兒老鄧攸。

此詩首二句雖用了兩個不同的比喻，卻不免有「合掌」之嫌。「愛惜」、「歡喜」義尤近似。

三句一轉，實亦承題。

〔註167〕頁 1527。
〔註168〕頁 1605，下一首同此。

四句再轉而合，以己比晉人鄧攸（伯道），居易至此年尙無子嗣，乃心中大憾也。而羨慕之情，不言可喻。

二十八、戲和賈常州醉中二絕句之一

　　　　聞道毗陵詩酒興，近來積漸學姑蘇。
　　　　卷頭新令從偷去，刮骨清吟得似無？〔註169〕

此詩作於寶曆元年（825），居易五十四歲，在蘇州，任蘇州刺史。

賈常州，常州刺史賈餗，字子美，長慶四年爲張又新所搆，出爲常州刺史。

賈餗河南人，今爲毗陵（今江蘇省常州市）刺史，故有首句「毗陵詩酒興」之語。

二句「學姑蘇」，或指學韋蘇州作詩。亦可指白居易自己。

三句續承二句，乃戲弄之語。

四句再續之，刮骨、清吟，俱從「學姑蘇」來。「得似無」，仍爲戲語。

二十九、戲和賈常州醉中二絕句之二

　　　　越調管吹留客曲，吳吟詩送煖寒盃。
　　　　娃宮無限風流事，好遣孤心暫學來。〔註170〕

首二句以越調、吳吟相比，一樂一詩，「留客曲」、「煖寒盃」，似對非對，相映成趣。

三句用吳王館娃宮典，四句「孫心」者，謙遜之心也。詩酒風流，此之謂也。

詩、酒、音樂、學習，一以貫之。

〔註169〕頁 1648。
〔註170〕頁 1649。

三十、答次休上人（來篇云：聞有餘霞千萬首，何方一句乞閑人。）

　　姓白使君無麗句，名休座主有新文。

　　禪心不合生分別，莫愛餘霞嫌碧雲。〔註171〕

　　此詩作於寶曆二年（826），居易五十五歲，任蘇州刺史。

　　首句針對休上人來詩中之「餘霞」而作自謙語。

　　次句禮尚往來，譽對方「有新文」，對仗亦好。

　　三句一轉，既切合對方身分，又不失諧中之莊。

　　四句以「碧雲（詞）」稱休上人之作品。乃一貫謙己譽人之辭。

三十一、和劉郎中傷鄂姬

　　不獨君嗟我亦嗟，西風北雪殺南花。

　　不知月夜魂歸處，鸚鵡洲頭第幾家？（姬，鄂人也。）〔註172〕

　　此詩作於大和二年（828），居易五十七歲，在洛陽，任秘書監。

　　劉郎中，劉禹錫，大和元年自和州刺史除主客郎中分司東都，二年春始至長安，以主客郎中充集賢學士。

　　鄂姬乃劉禹錫長慶四年自夔州東下過武昌時所納之姬人。

　　首句破題，十分完整。

　　次句用喻：悼鄂姬之死，喻得甚美。

　　三句似轉實承。月夜魂歸，不失美姬身分。

　　四句鸚鵡洲在武昌，「第幾家」，大有「是耶非耶？」之概。

三十二、有雙鶴留在洛中忽見劉郎中依然鳴顧劉因為鶴歎二篇寄予予以二絕句答之之一

　　辭鄉遠隔華亭水，逐我來棲緱嶺雲。

　　慚愧稻粱長不飽，未曾迴眼向雞群。〔註173〕

　　此詩作於大和二年（828），居易五十七歲，在洛陽，任秘書監。

〔註171〕頁1697。

〔註172〕頁1734。

〔註173〕頁1740～1741，下一首同此。

　　劉夢得集有〈鶴歎〉詩二首:「寂寞一雙鶴,主人在西京。故巢吳苑樹,深院洛陽城。徐引竹間步,遠含雲外情。誰憐好風月?鄰舍夜吹笙。」「丹頂宜承日,霜翎不染泥。愛池能久立,看月未成棲。一院春草長,三山歸路迷。主人朝謁早,貪養汝南雞。」詩前有序云:「友人白樂天,去年罷吳郡,挈雙鶴雛以歸,予相遇於揚子津,閑翫終日,翔舞調態,一符相書,信華亭之尤物也。今年春,樂天爲秘書監,不以鶴隨,置之洛陽第。」

　　首句實寫用典破題,次句承之。

　　三句寫鶴,實亦抒己。

　　四句抒寫鶴高傲自得之狀。

三十三、有雙鶴留在洛中……予以二絕句答之之二

　　　　荒草院中池水畔,銜恩不去又經春。
　　　　見君驚喜雙迴顧,應爲吟聲似主人。

　　首句實寫生動,次句擬人化,「銜恩」二字尤佳。

　　三句之「君」,明指劉禹錫。「雙迴顧」,切題,應爲眞實景象。

　　四句有些曖昧,是說禹錫之「鳴聲」(吟聲),抑或雙鶴之鳴聲?二解皆可通也。

三十四、臨都驛答夢得六言二首之一

　　　　揚子津頭月下,臨都驛裏燈前。
　　　　昨日老於前日,去年春似今年。〔註174〕

　　此詩亦作於大和二年。

　　此詩及下一詩本爲六絕,姑附於此。

　　臨都驛,洛陽近郊第一驛。

　　楊子津,亦作揚子津,在江都縣南十五里,自古爲江濱津要。

　　首句把地點時間都交代了。

　　次句補足之。一在外曰月,一在內曰燈。

〔註174〕頁 1749,下一首同此。

三句一轉，似屬廢辭，但卻足以引發末句。

四句頌春，詠大自然之亙古不衰。

何義門曰：「六言大抵須平整，不可添減。」按此詩若各添一字，亦自成體，唯不能「平整」矣。

三十五、臨都驛答夢得六言二首之二

謝守歸爲秘監，馮公老作郎官。

前事不須問著，新詩且更吟看。

謝守，謝靈運，此居易自謂。

馮公，以馮唐喻禹錫之屈身爲主客郎中分司。

首二句平述二人遭際。

三句一轉，自慰慰友。

四句又一轉，自許許友。

人之相知，貴相知心，此之謂也。

三十六、和錢華州題少華清光絕句

高情雅韻三峯守，主領清光管白雲。

自笑亦曾爲刺史，蘇州肥膩不如君。〔註175〕

此詩亦作於太和二年，任刑部侍郎。

錢華州，錢徽，大和元年十二月再授華州刺史。

少華，少華山，在鄭縣東南十里。

何義門云：「蘇州肥膩華州清。」故第四句故作反語以謔錢。

前句譽錢，次句承之，領清光、管白雲，乃「高情雅韻」之註腳。

三句一轉，回憶自己任蘇州刺史事。

四句以轉爲合：此所謂「肥膩不如君」，應指高情雅韻也。

三十七、酬嚴給事（聞玉蕊花下有遊仙絕句。）

瀛女偷乘鳳去時，洞中潛歌弄瓊枝。

不緣啼鳥春饒舌，青瑣似郎可得知？〔註176〕

〔註175〕頁 1751。
〔註176〕頁 1763。

此詩亦作於大和二年。

《刻談錄》卷下：「上都安業坊唐昌觀舊有玉蕊花，其花每發，若瑤林瓊樹。元和（按應作大和）中，春物方盛，車馬尋玩者相繼。忽一日，有女子年可十七八，衣綠繡衣乘馬，峨髻雙鬟，無簪珥之飾，容色婉約，迥出於眾。……時觀者如堵……舉轡百餘步，有輕風擁塵，隨之而去。須臾塵滅，望之已在半空，方悟神仙之遊。餘香不散者經月餘日。……」

首句即寫此仙女（或指妓？），次句承之，足成其事。

三句空中飛來，乃擬設之辭。

四句應合到嚴休復身上，完成整個詩境。

三句之「春饒舌」憑添生趣。

三十八、廣府胡尚書頻寄詩因答絕句

　　　尚書清白臨南海，雖飲貪泉心不回。
　　　唯向詩中得珠玉，時時寄到帝鄉來。〔註177〕

此詩亦作於大和二年。

廣府胡尚書：嶺南節度使胡證，寶曆二年十一月檢校兵部尚書、廣州刺史，充嶺南節度使，大和二年十月卒於嶺南。

首句破題，有人有譽有地。

次句反面用典，仍繼首句之「清白」。

三句一轉，卻切題旨。

四句續成，是合亦是答。

南海、貪泉、珠玉（合浦珠還）、帝鄉，一脈相承。

三十九、答尉遲少尹問所須

　　　乍到頻勞問所須，所須非玉亦非珠。
　　　愛君水閣宜閒詠，每有詩成許去無？〔註178〕

〔註177〕頁1796。
〔註178〕頁1884。

此詩作於大和三年（829），居易五十八歲，在洛陽，任太子賓客分司。

尉遲少尹，尉遲汾，曾任司業、少監。

首二句破題，一方面感謝對方之頻致關切，一方面明示己志。

三句一轉，直指對方的水閣。

四句合成：詩成之時，欲詠之際，或可往汝之水閣逍遙一番也。

「問所須」、「愛」、「宜」、「許去」，一路排比而下。

四十、答崔十八

勞將白叟比黃公，今古由來事不同。

我有商山君未見，清泉白石在胸中。〔註179〕

此詩亦作于大和三年。

崔十八指崔玄亮。

首二句破題，謂玄亮將自己比作黃石公，但古今事勢不同，不敢以此自許。「白叟」、「黃公」巧合成妙對。

三句一轉，乃以商山四皓自許。

四句描寫商山景象，正是他自詡的清高超脫氣概。

四十一、答蘇六

但喜暑隨三伏去，不知秋送二毛來。

更無別計相寬慰，故遣陽關勸一盃。〔註180〕

此詩亦作於大和三年。

蘇六，指蘇弘。

首句寫季候，實已入秋。

次句承之，正寫出秋字，卻雙關到人身上：主客二人，均已二毛。

三句一轉。

四句以杯酒與〈陽關曲〉互慰。

同是天涯二毛人，杯酒或可相撫慰！

〔註179〕頁 1891。

〔註180〕頁 1892。

四十二、和同州楊侍郎誇柘枝見寄

　　　　細吟馮翊使君詩，憶作餘杭太守時。

　　　　君有一般輸我事，〈柘枝〉看校十年遲。〔註181〕

　　此詩於於大和八年（834），居易六十三歲，在洛陽，任太子賓客分司。

　　同州楊侍郎，指楊汝士。此年詔以居易代汝士任同州刺史，未赴任；汝士授戶部侍郎。

　　柘枝，柘枝舞，屬於健舞曲，出於西域石國。起舞鼓聲以三擊爲度。

　　居易在杭州刺史任上即接觸柘枝歌舞，故有二句之說。首句破題自然。

　　三句一轉，變作自詡口吻。

　　四句一合：十年柘枝，我先汝後。

　　友朋相交，小事自誇，本所不忌也。

四十三、春和令公綠野堂種花

　　　　綠野堂開占物華，路人指道令公家。

　　　　令公桃李滿天下，何用堂前更種花？〔註182〕

　　此詩作於開成元年（836），居易六十五歲，在洛陽，任太子少傅分司。

　　令公，裴度。綠野堂，在洛陽長夏門南五里，爲裴度午橋莊別墅。

　　首二句直寫綠野堂之光景，氣象十足。

　　三句一轉，卻巧用比喻。

　　四句以何用另外種花作結，既是就題諧謔，亦是衷心讚譽。

四十四、和裴令公南莊一絕

　　　　陶廬僻陋那堪比，謝墅幽微不足攀。

　　　　何似嵩峯三十六，長隨申甫作家山。〔註183〕

〔註181〕頁2203。

〔註182〕頁2252。

〔註183〕頁2307。

此詩作於開成二年（837），居易六十六歲，在洛陽，任太子少傅分司。

南莊即午橋莊別墅。

首句以陶淵明草廬相比南莊。

次句又以謝靈運之別墅相較。可謂步步進逼，以彰顯裴氏莊園之大之盛。

三句正面寫出旨意，且用嵩山三十六峯作爲夸飾之辭。

四句申甫指裴度，以嵩山作家山，何其壯觀！

按裴詩有「野人不識中書令，喚作陶家與謝家。」此詩乃針對此二句而發。

四十五、戲答思黯（思黯有能箏者，以此戲之。）

何時得見十三絃，待取無雲有月天。

願得金波明似鏡，鏡中照出月中仙。〔註184〕

此詩作於開成三年（838），居易六十七歲，在洛陽，任太子少傅分司。

思黯，牛僧孺，開成三年九月徵拜左僕射入朝，此時仍在洛陽。

首句扣緊副題中之「能箏者」。

次句以「有月天」衍飾之。

三句承二句，四句突出一「月中仙」，實即直指能箏者。

全詩布局巧妙，意在言外。

「何時」、「願得」相縮，足見是豔羨而非謔弄。

四十六、酬裴令公贈馬相戲（裴詩云：「君若有心求逸足，我還留意在名姝。」蓋引妾換馬戲，意亦有所屬也。）

安石風流無奈何，欲將赤驥換青娥。

不辭便送東山去，臨老何人與唱歌？

此詩作於開成三年（838），居易六十七歲，在洛陽，任太子少傅

〔註184〕頁 2334，下一首同此。

分司。劉夢得集亦有〈裴令公見示樂天寄奴買馬絕句斐然仰和且戲樂天〉詩。

　　首句以謝安之風流自得比喻裴度。

　　次句將裴詩二句濃縮，一「赤」一「青」更增文采。

　　三句謂若將名姝送往東山－謝安隱居處亦甚好。

　　四句謂臨老恐無人爲裴令公唱歌。

　　四句疑省略「否則」一詞。

四十七、早春持齋答皇甫十見贈

　　　　正月晴和風景新，紛紛已有醉遊人。

　　　　帝城花笑長齋客，二十年來負早春。〔註185〕

　　此詩亦作於開成三年

　　皇甫十，皇甫曙。此時已至洛陽任河南少尹。

　　首句寫早春光景，泛述無特色。

　　次句寫早春之人。

　　三句一轉，笑皇甫不解風情。

　　四句續之，更用「二十年來」增加氣勢。

　　此詩乃以前二句半造勢，戲笑皇甫曙之長齋。

四十八、得楊湖州書頗誇撫民接賓縱酒題詩因以絕句戲之

　　　　豈獨愛民兼愛客，不唯能飲又能文。

　　　　白蘋洲上春傳語，柳使君輸楊使君。〔註186〕

　　此詩亦作於開成三年。

　　楊湖州，指湖州刺史楊漢公，累遷戶部郎中、史館修撰。轉司封郎中。除舒州刺史，徙湖、亳、蘇三州。

　　白蘋洲：在湖州霅溪東顏眞卿茅亭上，有梁太守柳惲詩。洲內有池，池中有千葉蓮。有三園，開成中楊漢公所立。

〔註185〕頁 2336。
〔註186〕頁 2369。

首句破題平實。

次句承之，亦應題旨。

三句寫出核心地點。

四句以柳惲烘襯楊漢公，正切地點。楊、柳二姓巧合更妙。

以上四十八首和人答人七絕，內容與贈人寄人詩亦多重複，大約不外：

一、抒友誼。

二、寫風物。

三、詠名勝。

四、記近事。

五、致問慰。

六、應來詩。

七、戲好友。

八、表祝願。

九、說蛾眉。

玖、寫人與詩

一、感故張僕射諸妓

　　黃金不惜買蛾眉，揀得如花三四枝。

　　歌舞教成心力盡，一朝身去不相隨。〔註187〕

此詩作於元和元年（806）以後。因為張愔卒於元和元年十二月。張愔，徐泗濠節度使張建封之子。為工部尚書，卒後贈尚書右僕射。

首二句明說張愔蓄妓，以花為喻。

三句亦承亦轉，前四字承上，下三字啟下。

四句實寫張愔死後，諸妓四散。

是寫實，亦是感慨。

〔註187〕頁 761。

二、代鄰叟言懷

人生何事心無定？宿昔如今意不同。

宿昔愁身不得老，如今恨作白頭翁。〔註188〕

此詩約作於貞元十六年（800）以前，居易二十多歲時。

首句自問，題目甚大，切題目「言懷」。

次句明答：今昔不同。

三句開始詮釋：昔愁短壽。

四句再說：如今嫌老。

題曰代鄰叟抒懷，其實白居易少年老成，早對人生的矛盾現象洞然於心了。

三、同錢員外題絕糧僧巨川

三十年來坐對山，唯將無事化人間。

齋時往往聞鐘笑，一食何如不食閑？〔註189〕

此詩作於元和四年（809），居易三十八歲，在長安，任左拾遺、翰林學士。

首句寫僧巨川之生態，意象鮮明。

次句續之，「無事」（無為）為其核心。

三句一轉，實亦承也。聞鐘（食鐘）而笑，何等襟懷！

四句一合，實由上三句引過來。

題曰「絕糧僧」，實非因無食而絕食也。

錢員外，錢徽，已屢見。

此僧乃二人同交遊之方外高人。

四、苦熱題恆寂師禪室

人人避暑走如狂，獨有禪師不出房。

可是禪房無熱到，但能心靜即身涼。〔註190〕

〔註188〕頁 780。

〔註189〕頁 797。

〔註190〕頁 921。

此詩作於元和十年（815），居易四十四歲，在長安，任太子左贊善大夫。

恆寂師，居易方外友，另有〈恆寂師〉一詩見下。

首句起用興，以烘托主角。

次句主角出現。

三句一轉，是叩問。

四句順勢拈出「心靜自然涼」之主旨。

寫一人，即闡一至理。

五、恆寂師

舊遊分散人零落，如此傷心事幾條？

會逐禪師坐禪去，一時滅盡定中消。〔註191〕

此詩亦作于元和十年。

首二句泛寫人生傷心事－舊遊分散。

三句一大轉，逐禪師坐禪，是寫自己的動態，亦是彰顯恆寂師風範。

四句足成之：滅盡傷心事、傷感情。

六、歎元九

不入城中來五載，同時班列盡官高。

何人牢落猶依舊？唯有江陵元士曹。〔註192〕

此詩作於元和九年（814），居易四十三歲，在下邽。

首二句自述自抒，兼及他人－高官們。

三句一轉，為主角出場鋪路。「牢落」二字沉重。

四句一合，不過是元九之姓氏官銜。卻有力道。

七、感化寺見元九劉三十二題名處

微之謫去千餘里，太白無來十一年。

今日見名如見面，塵埃壁上破窗前。〔註193〕

〔註191〕頁895。

〔註192〕頁848。

〔註193〕頁850～851。

此詩亦作於元和九年。

首句寫元稹，次句寫劉敦質，一謫一不見，俱令人思念不已。

三句切題如轉。

四句以實際景象補足之。

「塵埃壁」與「破窗」，俱是實景，卻足以承擔象徵之使命。

八、開元九詩書卷

　　紅牋白紙兩三束，半是君詩半是書。

　　經年不展緣身病，今日開看生蠹魚。〔註194〕

此詩亦作于元和九年。

首句破題，看似平凡，其實入神。

二句老實交代。

三句自述自抒。

四句連綴前二組，卻鬧出一個蠹魚來。

其實說真的，元稹、白居易都是特大號蠹魚，身病、心疾，俱在此中。

九、王昭君二首（時年十七。）

　　滿面胡沙滿鬢風，眉銷殘黛臉銷紅。

　　愁苦辛勤顦顇盡，如今卻似畫圖中。〔註195〕

此詩作於貞元四年（788），居易十七歲。

首二句破題，仔細描寫想像中出嫁胡人的王昭君之形象。「沙」與「風」、「黛」與「紅」，亦可視作當句對。

三句寫她的心態及形貌之總象。

四句一轉即合：卻玉成本詩為人物詩兼哲理詩。

時光可以淘洗一個人物，也可以改變一種生態。生時苦辛，死後燦爛者，何獨昭君！此詩中之「畫圖」，似受老杜〈詠懷古跡五首〉之三：「畫圖省識春風面」之沾溉，雖則二「畫圖」所指不同。

〔註194〕頁854。

〔註195〕頁870，下一首同此。

十、王昭君二首之二

　　漢使卻迴憑寄語，黃金何日贖蛾眉？

　　君王若問妾顏色，莫道不如宮裏時。

　　首句乃完全虛擬之境。

　　次句之問傳神，契合人心。

　　三句一轉，四句一合，正好描寫出王昭君身在胡宮、心在漢闕之情感。

　　十七少年，有如此佳作，可不云天才乎！

十一、張十八

　　諫垣幾見遷遺補？憲府頻聞轉殿監。

　　獨有詠詩張太祝，十年不改舊官銜。〔註196〕

　　此詩作於元和十年（815），居易四十四歲，在長安，任太子左贊善大夫。

　　張十八，張籍，亦居易好友。元和初任太常寺太祝。居易〈與元九書〉（卷四五）云：「張籍五十，未離一太祝。」

　　首二句泛論朝廷官員，頗含譴責之意。以此反襯張籍。

　　三句一轉，拈出主角。

　　四句一合，深深為張籍不平。

　　「詠詩張太祝」，千古不朽！

十二、裴五

　　莫怪相逢無笑語，感今思舊戟門前。

　　張家伯仲偏相似，每見清揚一惘然！〔註197〕

　　此詩亦作於元和十年。

　　裴五，名未詳，岑仲勉《唐人行第錄》：「味詩意似裴垍之子，名未詳。」

　　首句自抒，次句說出理由。

〔註196〕頁 892～893。

〔註197〕頁 894。

張家伯仲，疑爲張徹、張復兄弟。

三四句之意似謂張家兄弟與裴五形貌神態相似，故一見清揚之貌，便不免爲之惘然。「惘然」恰恰上應首句之「無笑語」。

一詩思懷三人。

十三、題四皓廟

卧逃秦亂起安劉，舒卷如雲得自由。

若有精靈應笑我，不成一事謫江州。〔註198〕

此詩亦作于元和十年，長安至江州途中。

四皓廟在終南山，去萬年縣五十里，元和八年重建。此乃呂后使張良往南山迎四皓之處。

首句破題，七字說盡商山四老的身世。

次句寫四皓之風姿。

三句一轉，回到自身，「精靈」云云，純屬擬設之辭。

四句一合，嘲己之落魄，有愧先賢多矣。

此詩既表崇敬先賢之忱，又露自傷之態。

十四、舟中讀元九詩

把君詩卷燈前讀，詩盡燈殘天未明。

眼痛滅燈猶闇坐，逆風吹浪打船聲。〔註199〕

此詩之作，同前首時地。

首句破題寫實。

次句繼之，更添時間。

三句承而轉：詩盡暗坐。

四句轉寫窗外風浪聲。

船外風浪，豈爲元詩作註腳乎！

〔註198〕頁935。
〔註199〕頁947。

十五、題李山人

　　　廚無煙火室無妻，籬落蕭條屋舍低。
　　　每日將何療飢渴？井華雲粉一刀圭。〔註200〕

　　此詩亦作于元和十年，赴江州途中，下一首同此。

　　首句未畫出李山人形貌，只是用環境氣氛烘染。

　　次句繼之，由內而外。

　　三句一承亦轉，四句姑代作答案。「雲粉」上應「煙火」。

　　山人生活如此，白大詩人復欲何言！

十六、讀莊子

　　　去國辭家謫異方，中心自怪少憂傷。
　　　爲尋《莊子》知歸處，認得無何是本鄉。

　　首二句自述自抒。爲全詩布局。

　　三句一轉，切題而抒。「歸處」吃緊。

　　四句作結：我之歸處，乃「無何有之鄉」！此居易學佛學道之參
悟也。

　　莊子、莊生，亦猶白居士也。

十七、讀靈徹詩

　　　東林寺裏西廊下，石片鐫題數首詩。
　　　言句怪來還校別，看名知是老湯師。〔註201〕

　　此詩作於元和十二年(817)，居易四十六歲，在江州，任江州司馬。

　　靈徹，字源澄，會稽湯氏子，雖受佛家經論，尤好篇章，從嚴維
學詩。抵吳興，與皎然遊，皎然書薦之，由是聞名。貞元中西遊京師，
名振輦下。終於宣州開元寺。

　　首句說地點。

　　次句明主體。

　　三句一轉：讀詩而訝。

〔註200〕頁 951，下一首同此。

〔註201〕頁 1049。

四句一合，亮出靈徹另一名諱。

先見，後讀，復訝，終辨識焉。

十八、梨園弟子

白頭垂淚話梨園，五十年前雨露恩。

莫問華清今日事，滿山紅葉鎖宮門。〔註202〕

此詩約作於長慶二年（822）以前。

華清，華清宮。

首句破題，白頭梨園，已成典實。

次句紀時切當。「雨露」與首句之「垂淚」相應。

三句一轉：華清宮與梨園，關係原甚密切。

四句紅葉鎖宮門，興致甚雅。「紅葉」與首句之「白頭」互相呼應。

寫今昔之感，二十八字如畫。

十九、鄰女

婷婷十五勝天仙，白日姮娥旱地蓮。

何處閑教鸚鵡語？碧紗窗下繡牀前。〔註203〕

此詩約作於元和十一年（816）至長慶二年（822）之間。

首句破題，有齡有貌。

次句連用二喻。

三句用問句，卻寫出其悠閒其動作。

四句寫背景，卻又增添了鄰女的風姿。

二十、寓言題僧

劫風火起燒荒宅，苦海波生盪破船。

力小無因救焚溺，清涼山下且安禪。〔註204〕

此詩作於長慶二年（822），居易五十一歲，在長安至杭州途中，將任杭州刺史。

〔註202〕頁 1300。

〔註203〕頁 1304。

〔註204〕頁 1319。

清凉山，即五台山，在山西省五台縣東北。

首二句是比喻，喻人生之煩惱與苦難。

三句一轉，謂雖為高僧，力弱不能救焚救溺。

四句再轉，到五台山修禪去也。

此詩可以是寓言，也可以是實寫，甚至是居易自我的寫照。

二十一、題清頭陀

　　頭陀獨宿寺西峯，百尺禪菴半夜鐘。

　　煙月蒼蒼風瑟瑟，更無雜樹對山松。〔註205〕

此詩作於長慶四年（824），居易五十三歲，在杭州任刺史。

首句破題，「獨宿」一峯，如畫。

次句以聽覺承之。「百尺」亦應「獨宿」。

三句仍以一視覺、一聽覺承一、二句。

四句表面上是實摹山景，實際上卻是象擬頭陀之人格與氣概。

二十二、讀鄂公傳

　　高臥深居不見人，功名斗藪似灰塵，

　　唯留一部清商樂，月下風前伴老身。〔註206〕

此詩作於大和二年（828），居易五十七歲，在長安，任刑部侍郎。

鄂公，指尉遲敬德，貞觀元年拜右武侯大將軍，賜爵吳國公。……
十一年，封建功臣為代襲刺史，冊拜敬德宣州刺史，改封鄂國公。敬
德末年篤信仙方，飛鍊金石，服食雲母粉，穿築池台，崇飾羅綺，奏
清樂以自奉養，不與外人交往十五年。顯慶三年卒，年七十四。

首句破題，全據史實。

次句用喻生動。

三句實描。

四句以風月為襯托。老將身影，宛然在焉。

〔註205〕頁 1388～1389。

〔註206〕頁 1801。

二十三、憶晦叔

　　遊山弄水攜詩卷，看月尋花把酒盃。

　　六事盡思君作伴，幾時歸到洛陽來？〔註207〕

　　此詩作於大和六年（832），居易六十一歲，在洛陽，任河南尹。

　　晦叔，崔玄亮，大和六年以太子賓客分司東都，是詩當是此年春後所作。

　　首二句破題，以山、水、詩、月、花、酒六目描寫晦叔生涯。

　　三句綰合，思君爲伴。

　　四句籲求、盼望，兼而有之。

　　此時拜官令已下，故盼之甚切。

二十四、元相公挽歌詞三首之一

　　銘旌官重威儀盛，騎吹聲繁鹵簿長。

　　後魏帝孫唐宰相，六年七月葬咸陽。〔註208〕

　　此詩亦作于大和六年。

　　查愼行曰：「『後魏帝孫唐宰相』二句莊重簡淨，可悟作誌銘之法。」其言是也，然畢竟不構成佳詩。

　　首二句寫元稹葬禮之盛況。

　　後二句交代其家世、身分及喪葬之時地。

二十五、元相公挽歌詞三首之二

　　墓門已閉笳簫去，唯有夫人哭不休。

　　蒼蒼露草咸陽壟，此是千秋第一秋。

　　此詩別有拓展，承先啓後。

　　前二句實寫，步步爲營。「笳簫去」與「哭不休」對仗雖不甚工，比較卻甚鮮明。

　　三句寫景，集中焦點，以引發下句。

　　四句千秋第一秋，其說眞切而新鮮。頌讚之意，若現若隱。

〔註207〕頁 1849。

〔註208〕頁 1853，下二首同此。

二十六、元相公挽歌詞三首之三

　　　送葬萬人皆慘澹，反虞馹馬亦悲鳴。
　　　琴書劍珮誰收拾？三歲遺孤新學行。

首句寫送葬眾人。

次句描馹馬悲鳴。

三句寫照元九遺物，四字不可缺一。

四句及於遺孤，「學行」二字，甚爲生動，亦甚悲切。

首句之「送葬萬人」，末句之「三歲遺孤」，宛然相對。

二十七、哭微之二首之一

　　　八月涼風吹白幕，寢門廊下哭微之。
　　　妻孥朋友來相弔，唯道皇天無所知。〔註209〕

此詩作於大和五年（831），居易六十歲，在洛陽，任河南尹。

元稹是年七月二十二日過暴疾死於武昌節度使任上。

首二句破題，微之死後十日居易作此。

三句「妻孥」二字下用「相弔」，不合情理，是一時運筆之失。

四句歎老天無眼，使斯人早日撒手。尤其一日暴卒，更令人難以爲懷。

二十八、哭微之二首之二

　　　文章卓犖生無敵，風骨英靈歿有神。
　　　哭送咸陽北原上，可能隨例作灰塵？

首句譽元九之詩文，夸飾難免。

次句稱許微之之風骨，其實有愧。

三句實寫送喪。

四句自傷：我亦隨之化爲灰塵乎？

又〈哭微之〉（別集卷中）：「從此三篇收淚後，終身無復更吟詩。」足見其傷痛之深。

〔註209〕頁1908，下一首同此。

二十九、神照上人

　　心如定水隨形應，口似懸河逐病治。

　　曾向眾中先禮拜，西方去日莫相遺。〔註210〕

　　此詩作於大和五年（831），居易六十歲，在洛陽，任河南尹。爲「贈僧五首」之二。

　　神照上人，東都奉國寺僧，姓張，蜀州青城人。開成三年冬十二月示滅于奉國寺禪院，是年遷葬於龍門山，年六十三，僧夏四十四。

　　首二句寫上人之形、神、行爲。

　　三句一承一轉。

　　四句一合，祝禱其身後命運。

　　此詩精采處乃在首二句之「心如定水」、「口似懸河」，可謂妙手天成。

三十、自遠禪師（師以無事爲佛事。）

　　自出家來長自在，緣身一衲一繩牀。

　　令人見即思無事，每一相逢是道場。〔註211〕

　　此爲「贈僧五首」之三。

　　首句「長自在」恰扣住副題「無事」。

　　次句以一衲一繩牀實描其生活。

　　三句切題而抒。

　　四句助長三句，合得正大。

三十一、宗實上人（實即樊司空之子，捨官位妻子出家。）

　　榮華恩愛棄成唾，戒定眞如和作香。

　　今古雖殊同一法，瞿曇拋卻轉輪王。

　　宗實上人，神照弟子。此詩乃「贈僧五首」之四。

　　首句應副題「捨官位妻子出家」。

　　次句說出家，以「和作香」應對「棄成唾」，不算勉強。

〔註210〕頁 1923。

〔註211〕頁 1924，下一首同此。

三句一轉，強調萬法歸一。

四句記佛陀拋卻轉輪王子祿位，在菩提樹下得道之事，以喻宗實事蹟。

首句之「棄」引出末句「拋卻」。

三十二、清閑上人（自蜀入洛，於長壽寺說法度人。）

梓潼眷屬何年別？長壽壇場近日開。

應是蜀人皆度了，法輪移向洛中來。〔註212〕

此爲「贈僧五首」之五。清閑上人，禪宗荷澤宗神照之弟子。

長壽寺，在洛陽長夏門之東第四街履道坊，與居易宅甚近。

首句以梓潼代蜀地。

次句承之，到洛開道場。

三句一轉，「應是」乃揣度之辭，但卻似理直氣壯。

四句一合：謂上人普渡眾生，普弘大法。

三十三、蘇州故吏

江南故吏別來久，今日池邊識我無？

不獨使君頭似雪，華亭鶴死白蓮枯。（蓮、鶴皆蘇州同來。）

〔註213〕

此詩作於開成三年（838），居易六十七歲，在洛陽，任太子少傅分司。

按居易曾任蘇州刺史三年，今偶遇蘇州故吏，乃有此作。

首二句破題，說得親切。

三句自述自抒。

四句謂由蘇州攜回之鶴已死，白蓮已枯，不勝滄桑之感。

題曰「蘇州故吏」，卻只是借題發揮，未正面寫照此吏。

以上三十三首，內容亦頗龐雜，其間涉及之人物，大約有五類：

一、友朋。

〔註212〕頁1925。

〔註213〕頁2368。

二、一般官吏。

三、僧道。

四、古人。

五、故吏。

另有有關詩文（如《莊子》）等之吟詠。

拾、紀事

一、晚秋閑居

　　地僻門深少送迎，披衣閑坐養幽情。

　　秋庭不掃携藤杖，閑踏梧桐黃葉行。〔註214〕

此詩約作於貞元十六年（800）以前。

紀事詩在居易絕句中本不多，本文乃採最廣泛之定義。

首句寫自己居家的環境。

次句寫閑居之實境。「養幽情」恰好上承「少送迎」。

三句一承：「秋庭不掃」上承「門深」；一轉：「携藤杖」已打破「閑居」之境。

四句「閑踏」仍強調其「幽情」。「梧桐黃葉」，代表此行之種種切切。

二、夢舊

　　別來老大苦修道，鍊得離心成死灰。

　　平生憶念銷磨盡，昨夜因何入夢來？〔註215〕

此詩作於元和十年（815），居易四十四歲，在長安，任太子左贊善大夫。

自句自抒，次句繼之。「苦修道」到「成死灰」，是近亦是遠。

三句乃縮結前二句而作小結。「消磨盡」即「離心成死灰」。

四句入題，舊時人物事又「入夢來」。然而上置「因何」二字，

〔註214〕頁777。

〔註215〕頁919。

便格外耐人尋味。

　　四句是一大轉，亦是合。

三、初貶官過望秦嶺

　　　　草草辭家憂後事，遲遲去國問前途。

　　　　望秦嶺上迴頭立，無限秋風吹白鬚。〔註216〕

　　此詩作於元和十年（815），居易四十四歲，長安至江州途中。

　　望秦嶺，商州上洛有望秦嶺，即秦嶺山之別名。

　　首句破題，「憂後事」值得細思。

　　二句「遲遲去國」應首句「草草辭家」，二者同而不同。「草草」與「遲遲」之間，多少辛酸。

　　「問前途」即「憂後事」，一訴諸外，一蘊諸內。

　　三句主體主題呈現。「迴頭立」有味。

　　四句寫迴頭望之環境及神態。四十出頭之人，已有一片白鬚，又當秋風之季，正赴貶謫之所。此情此事，何堪回首！

四、發商州

　　　　商州館裏停三日，待得妻孥相逐行。

　　　　若比李三猶自勝，兒啼婦哭不聞聲。（時李固言新歿。）〔註217〕

　　此詩亦作於元和十年。

　　商州，商州上洛郡，唐代屬關內道。

　　李三，李顧言，卒於元和十年春，居易友。此詩原注誤作「固言」。

　　首句寫行程，二句示明停三日之原由。並藉此告知此行妻子家眷同行。

　　三句一轉，帶出對顧言之悼念。

　　四句寫李家凄慘之狀，或藉此自慰。

〔註216〕頁931。

〔註217〕頁933。

五、罷藥

　　自學坐禪休服藥，從他時復病沈沈。

　　此身不要全強健，強健多生人我心。〔註218〕

此詩亦作於元和十年。

旅途中不服藥，卻倒推向學禪之日。

次句「從他」者「任其」也。足見不服藥乃是一種決心的顯示，不是已沒病了。

三句一轉，驚天駭人：「不要全強健」！何等氣魄，何等妙想！

四句說明理由：人在健康時，往往多思多慮多企圖，人我計較之心，乃油然而生。

罷藥一事，可暫可久，不分人我之心，則力求其長久。

六、上香爐峯

　　倚石攀蘿歇病身，青筇竹杖白紗巾。

　　他時畫出廬山障，便是香爐峯上人。〔註219〕

此詩作於元和十二年（817），居易四十六歲，任江州司馬。

香爐峯，廬山主峯。

首句生動，卻展露出多病之身。

次句寫自我肖像。青白成畫。

三句把上山一事變成畫圖。

四句乃詩人常態，入山、上山，便僭為山主人。

七、臨水坐

　　昔為東掖垣中客，今作西方社內人。

　　手把楊枝臨水坐，閑思往事似前生。〔註220〕

此詩亦作於元和十二年。

首句懷念舊時在京都為官時情況。

〔註218〕頁936。
〔註219〕頁1018。
〔註220〕頁1033。

次句感今。

三句實寫即情即景：手把楊枝是唯一姿貌。

四句總綰一、二句，加「似前生」三字，力道十足，餘音繞樑。

臨水一坐，此事甚奇。

八、期不至

　　紅燭清樽久延佇，出門入門天欲曙。

　　星稀月落竟不來，煙柳曨曨鵲飛去。〔註221〕

此詩約作於長慶二年（822）以前。

貴客將臨，紅燭清樽敬候，起得入味。

二句更為生動：一下子出門探望，一下子又回到門內。不料客仍未至，而天已破曉。

三句更逼進一步：「星稀月落」，客仍未至。

四句借外景以烘托：烟柳、喜鵲，與星稀月落相襯，更增惆悵之情。

人間至情，每不得值，此其一態也。

九、期宿客不至

　　風飄雨灑簾帷故，竹映松遮燈火深。

　　宿客不來嫌冷落，一樽酒對一張琴。〔註222〕

此詩作於大和四年（830），居易五十九歲，在洛陽，任太子賓客分司。

《唐宋詩醇》卷二方：「唐人七絕每著意前半，此詩上二句字字用意，已寫透冷落光景，下二句一拍即合。」後半所說固是，前一句則見仁見智。

宿客，指徐凝。

首句以實景破題，「簾帷故」三字尤妙，表面是說簾帷已舊，「故」字暗攝故人之意。

〔註221〕頁 1218。

〔註222〕頁 1903。

次句由外而內，竹、松、燈，皆雅物也。

三句拔出主題，兼攝前二句。

四句加彩：酒也琴也，本以待客，今乃自娛自慰。神情變化，似更勝前首。

以上九詩，有如下七種內容：

一、閑居之態。

二、臨水之思。

三、旅途情事。

四、夢中光景。

五、罷藥之想。

六、登山之狀。

七、有待不至。

拾壹、音樂

一、聽崔七妓人箏

花臉雲鬟坐玉樓，十三絃裏一時愁。

憑君向道休彈去，白盡江州司馬頭。〔註223〕

此詩作於元和十年（815），居易四十四歲，在長安至江州途中。

首句直寫樂妓之形貌，兼及地點。

二句以十三絃代箏，而以「愁」字統合箏音。

三句一轉，若勸若阻。

四句寫自己白頭，彰顯箏音之感人。

首句「花臉」到末句白頭，對比甚為鮮明。

二、聽李士良琵琶

聲似胡兒彈舌語，愁如塞月恨邊雲。

閑人暫聽猶眉斂，可使和蕃公主聞？〔註224〕

〔註223〕頁 938～959。

〔註224〕頁 1050。

此詩作於元和十二年（817），居易四十六歲，任江州司馬。

首句巧摹琵琶之聲。

次句引出聯想來。

三句一轉，可能自比閑人。「眉斂」，愁之餘波也。

四句又聯思至王昭君。昭君恆在馬上抱琵琶，眞耶幻耶？

全詩布局緊密。

三、聽竹枝贈李侍御

巴童巫女〈竹枝歌〉，懊惱何人怨咽多？

暫聽遣君猶悵望，長聞教我復如何？〔註225〕

此詩作於元和十四年（819），居易四十八歲，任忠州刺史。

首句實寫，人、歌俱在。

次句寫歌曲之聲調感受，卻故用問句。

三句寫李侍御聽歌之感覺。

四句謂自己久宦於此，時時聽聞，情何以堪！

全詩並未正面描寫歌聲。

四、夜箏

紫袖紅絃明月中，自彈自感闇低容。

絃凝指咽聲停處，別有深情一萬重。〔註226〕

此詩作於長慶元年（821），居易五十歲，在長安，任主客郎中、知制誥。

首句破題生新：紫、紅、白三色互相輝映，爲箏作背景。

二句二「自」一「闇」，再加低容，一波三折。

三句「指咽」奇特。聲停，然後有深情萬重。

四句夸飾有力。

〔註225〕頁1164。

〔註226〕頁1257。

五、聽夜箏有感

　　江州去日聽箏夜，白髮新生不願聞。
　　如今格是頭成雪，彈到天明亦任君。〔註227〕

此詩約作于元和十四年（819）至長慶二年（822）。

格，與隔義同，猶言「已是」。

首句謂回憶江州聽箏往事。去日，往日也。

次句言箏聲悲哀，故年漸老邁之我，不願聆聽。

三句一轉，謂今日頭已全白，人已老去。

四句謂自己一切都無所謂了，所以耐力足，心境寬，那怕聽箏到天亮，亦無可傷心。

六、琵琶

　　絃清撥利語錚錚，背却殘燈就月明。
　　賴是心無惆悵事，不然爭奈子絃聲。〔註228〕

此詩約作於元和十年（815）至長慶二年（822）。

首句寫琵琶音聲之特徵，分三節。

次句寫彈奏時之背景，有燈光有月光。

三句一轉：幸而心無怨嗟。

四句一合，謂否則不堪其音聲之愁思。

起承轉合，一一順序而發。

七、和殷協律琴思

　　秋水蓮冠春草裙，依稀風調似文君。
　　煩君玉指分明語，知是琴音伴不聞。

此詩作於長慶二年（822），居易五十一歲，在杭州，任杭州刺史。

殷協律，殷堯藩。樂天任杭、蘇二州刺史時，堯藩均爲從事。

首句描寫彈琴女郎之衣著。

〔註227〕頁 1306。
〔註228〕頁 1308，下一首同此。

次句譽其琴音，用卓文君典。

三句以「煩」字打頭，以「分明語」作收，「玉指」擬人化。

四句似有湊合之意。

八、聽彈湘妃怨

> 玉軫朱絃瑟瑟徽，吳娃徵調奏〈湘妃〉。
>
> 分明曲裏愁雲雨，似道蕭蕭郎不歸。〔註229〕

此詩亦作於長慶二年。

詩末有注云：「江南新詞有云：暮雨蕭蕭郎不歸。」

首句描寫琴之結構，加「玉」、「朱」、「瑟瑟」三詞字，分別指稱其造材質地、其顏色、其音聲。

次句補述彈琴者及曲名。

三句借用江南之詞，把「暮雨」換成「愁雲雨」，更為生動。

四句足成，仍以原句後半五字加一「似道」。

雖非創調，卻饒有意思。

九、問楊瓊

> 古人唱歌兼唱情，今人唱歌唯唱聲。
>
> 欲說向君君不會，試將此語問楊瓊。〔註230〕

此詩作於寶曆二年（826），居易五十五歲，在蘇州，任蘇州刺史。

楊瓊本名播，少為江陵酒妓，後到蘇州。

任半塘《唐戲弄・伎藝》謂此詩前二句乃「白氏不滿當時歌女伎藝之不高者。」

首二句渾似由「古之學者為己，今之學者為人。」轉化出來者。不論今古，聲樂藝術中，情感與技巧應並重，或只重音聲技巧，缺乏真實情感，必非第一流歌唱家。

三句一轉，「君」者，泛指眾人也。

〔註229〕頁 1310。

〔註230〕頁 1439。

四句一合：要問楊瓊：蓋居易以爲楊瓊爲此中高手，唱歌時聲情並顧。

十、吳宮辭

淡紅花帔淺檀蛾，睡臉初開似剪波。

坐對珠籠閑理曲，琵琶鸚鵡語相和。〔註231〕

此詩亦作於寶曆二年。

首句寫歌女之風姿衣著。

次句續寫其臉其眼。

三句續寫其唱曲時情景，卻引出一珠籠（珍貴之鳥籠）來。

四句更展示樂器及應和之動物來。

此詩布局甚妙。

十一、雲和

非琴非瑟亦非箏，撥柱推絃調未成。

欲散白頭千萬恨，只銷紅袖兩三聲。〔註232〕

此詩作於寶曆元年（825），居易五十四歲，在洛陽，任太子左庶子分司。

雲和，即琵琶，形如琴，用十二絃。

首句描寫琵琶之形，用比較法。

次句寫彈奏之難。

三句一轉，謂此一樂器能消愁。

四句足成之，謂用紅袖少女彈之，乃可奏功。

十二、伊州

老去將何散老愁？新教小玉唱〈伊州〉。

亦應不得多年聽，未教成時已白頭。〔註233〕

此詩作于大和二年（828），居易五十七歲，在長安，任刑部侍郎。

〔註231〕頁 1522。

〔註232〕頁 1603。

〔註233〕頁 1760。

伊州：天寶樂曲皆以邊地爲名，此其一也，見於世者凡七：商曲大石調、高大石調、雙調、小石調、歇指調、林鍾商、越調。

此詩逆說。首句謂何曲可解愁。

次句教小玉（泛指歌妓）唱〈伊州曲〉。

三句一轉，謂此曲難學。

四句一合，貫穿前句之意，未教成，恐已白頭。

借音樂抒人生之無奈與惆悵。

十三、送春

銀花鑿落從君勸，金屑琵琶爲我彈。

不獨送春兼送老，更嘗一酌更聽看。〔註234〕

此詩作於大和三年（829），居易五十八歲，在長安至洛陽途中，官太子賓客分司。

銀花鑿落：蒼梧令金佐堯從賊，被黥面，曾自稱「金鑿落」。湘、楚人以盞罌中鐫鏤金鍍者爲金鑿落。

首句以銀盃勸酒。

次句以琵琶助興。

三句一轉，別開生面。

四句綰合前三句，酒中有樂。

十四、聽曹剛琵琶兼示重蓮

撥撥絃絃意不同，胡啼番語兩珍瓏。

誰能截得曹剛手，插向重蓮衣袖中？〔註235〕

此詩作於大和二年（828），居易五十七歲，在長安，任刑部侍郎。

曹剛，即貞元時之琵琶名手曹綱。其祖父母王芬、曹保保，其父善才，皆此中能手。

首句就琵琶特性兩用疊字詞奏效。

〔註234〕頁 1767。
〔註235〕頁 1816。

次句因琵琶乃胡樂器，故以「胡」、「番」爲辭。曹剛爲西域胡人。

三句切題，舉出主角，卻以「截得曹剛手」立言，甚爲別致。

四句足成之：「插向重蓮衣袖」亦爲巧思。重蓮，樂妓也。

十五、琴酒

　　　耳根得所琴初暢，心地忘機酒半酣。

　　　若使啓期兼解醉，應言四樂不言三。〔註236〕

此詩作於大和六年（832），居易六十一歲，在洛陽，任河南尹。

按《列子・天瑞》云：孔子遊泰山，見鍾啓期，鹿裘帶索，鼓而歌。孔子曰：先生何以爲樂？啓期曰：天生萬物，唯人爲貴，吾得爲人，一樂也；男貴女賤，吾得爲男，二樂也；人有不免襁褓者，吾年九十，三樂也。

此詩並陳琴、酒之趣。

首句寫琴音。

次句寫酒酣及心中忘機。

三句、四句假設鍾啓期解酒醉之樂，輔以琴音，當在三樂之外另添一樂。

十六、聽幽蘭

　　　琴中古曲是〈幽蘭〉，爲我慇懃更弄看。

　　　欲得身心俱靜好，自彈不及聽人彈。

此詩亦作於大和六年。

〈幽蘭〉，即〈幽蘭操〉，孔子自衛返魯，見香蘭而作此歌。

首句破題，著一「古曲」。

次句謂有人爲我彈此曲。「更弄看」爲湊韻不免疲弱之失。

三句一轉，聽樂則身心靜好。

四句一合：己彈不如人彈。

四句所云，當然只是居易之一時感受，非恆久眞理。

〔註236〕頁1856，下一首同此。

另外同卷（26）有〈題周家歌者〉〔註237〕乃五絕，以「清緊如敲玉，深圓似轉簧。」形容其歌聲，繼之以「一聲腸一斷。」甚是悲切入神，姑附述於此。

十七、答蘇庶子月夜聞家僮奏樂見贈

牆西明月水東亭，一曲〈霓裳〉按小伶。

不敢邀君無別意，絃生管澀未堪聽。〔註238〕

此詩作於大和三年（829），居易五十八歲，在洛陽，任太子賓客分司。

蘇庶子，蘇弘。

按小伶，命小伶演奏歌曲。

首句寫出當時背景。

二句為主體－曲調，奏曲者。

三句代蘇弘發言。

四句謂家僮－即小伶之琴音尚生澀，故不敢邀聽。

代言之詩，亦別具意興。

十八、彈秋思

信意閒彈〈秋思〉時，調清聲直韻疏遲。

近來漸喜無人聽，琴格高低心自知。〔註239〕

此詩作於大和六年（832），居易六十一歲，在洛陽，任何南尹。

秋思：居易〈池上篇序〉（卷六九）：「蜀客姜發授〈秋思〉，聲甚淡。」

此詩寫自彈。首句破題，「信意」加「閒」冠頂。

次句寫聲調，「清」、「直」、「疏遲」，四字盡其特色。

三句漸喜，無人聽。轉得突兀。

四句一合，令人會心：琴格自知，不求人知。

〔註237〕頁 1860。

〔註238〕頁 1886。

〔註239〕頁 1926。

十九、夜調琴憶崔少卿

　　　今夜調琴忽有情，欲彈惆悵憶崔卿。

　　　何人解愛中徽上？〈秋思〉頭邊八九聲。〔註240〕

　　此詩作於大和三年（829），居易五十八歲，在洛陽，任太子賓客分司。

　　崔少卿，崔玄亮，時任太常少卿。〈池上篇序〉：「博陵崔叔與琴，韻甚清。」

　　首句破題，彈琴生情。

　　次句承以憶崔。

　　三句一轉，謂何人為知音。

　　四句出示〈秋思〉曲。「八九聲」切題而有味。

二十、王子晉廟

　　　子晉廟前山月明，人聞往往夜吹笙。

　　　鸞吟鳳唱聽無拍，多似〈霓裳散序〉聲。〔註241〕

　　此詩亦作於大和三年。

　　王子晉廟，在河南偃師縣南，有碑，唐武后撰書。

　　首句破題，飾以月光。

　　二句吹笙，笙猶簫也，為押韻代稱。

　　三句一轉，謂鸞鳳伴唱。

　　四句姑以〈霓裳曲〉論定之。

　　無中生有，自成佳構。

二十一、聞歌者唱微之詩

　　　新詩絕筆聲名歇，舊卷生塵篋笥深。

　　　時向歌中聞一句，未容傾耳已傷心。〔註242〕

　　此詩作於大和七年（833），居易六十二歲，在洛陽，任太子賓客

〔註240〕頁 1938。

〔註241〕頁 1940。

〔註242〕頁 2127。

分司。元稹亡於大和五年七月，至此已二年。

　　首句破題，已露傷感之意。

　　次句更強化之，「生塵」之後，繼之以「深」，情何以堪！

　　三句一轉，聞一句。

　　四句一合：傷心！「未容傾耳」更渲染之。

二十二、秋夜聽高調涼州

　　　樓上金風聲漸緊，月中銀字韻初調。

　　　促張絃柱吹高管，一曲〈涼州〉入沈寥。〔註243〕

　　此詩亦作於大和七年。

　　首句寫秋風，切題。

　　次句「銀字」代樂曲，上配「金風」。

　　三句寫彈吹之狀。

　　四句點出曲名，以及曲調之寥落淒清。

　　〈涼州曲〉乃悲涼之樂。

二十三、楊柳枝詞八首之一

　　　〈六幺水調〉家家唱，〈白雪梅花〉處處吹。

　　　古歌舊曲君休聽，聽取新翻〈楊柳枝〉。〔註244〕

　　此詩作於大和二年（828）至開成三年（838）之間，在洛陽。

　　此調乃白居易創製。

　　首句先示一曲。

　　次句再拈一曲。

　　三句綰合之，又轉出「休聽」一義。

　　四句自詡自介此曲。

　　這是八首〈楊柳枝〉的開場白。謂舊曲不如新曲也。

〔註243〕頁 2141。

〔註244〕頁 2167。

二十四、雨中聽琴者彈別鶴操

　　　雙鶴分離一何苦？連陰雨夜不堪聞。

　　　莫教遷客孀妻聽，嗟歎悲啼諒殺君。〔註245〕

　　此詩作于開成元年（836），居易六十五歲，在洛陽，任太子少傅分司。

　　首句破題，用問句較活潑。

　　次句以雨夜爲配襯。

　　三句一轉，已微啓悲音。

　　四句直述作結。

二十五、醉後聽唱桂華曲（詩云：「遙知天上桂華孤，試問常娥更有無？月宮幸有閑田地，何不中央種兩株。」此曲韻怨切，聽輒感人，故云爾。）

　　　桂華詞意苦丁寧，唱到常娥醉便醒。

　　　此是人間腸斷曲，莫教不得意人聽。〔註246〕

　　此詩作於開成三年（838），居易六十七歲，在洛陽，任太子少傅分司。

　　首句破題，「苦丁寧」三字有千鈞之力。

　　次句用嫦娥典，由醉而醒，具見此曲之魅力。

　　三句直指斷腸曲。

　　四句命意與前首「莫教遷客孀妻聽」全同，然句序不同。

二十六、聽歌

　　　管妙絃清歌入雲，老人合眼醉醺醺。

　　　誠知不及當年聽，猶覺聞時勝不聞。〔註247〕

　　此詩亦作於開成三年。

　　首句破題，以「入雲」壯其氣勢。

〔註245〕頁 2254。

〔註246〕頁 2343。

〔註247〕頁 2372。

次句「老人」自指，以「醉醺醺」引發下二句。

三句一轉，實亦承也。

四句彰顯其歌之美好，但力道稍嫌不足。

二十七、聽都子歌（詞云：「試問嫦娥更要無？」）

都子新歌有性靈，一聲格轉已堪聽。

更聽唱到嫦娥字，猶有樊家舊典刑。〔註248〕

此詩約作於開成四年（839）至會昌二年（842），在洛陽。

此為「聽歌六絕句」之一，下四首同此。

都子歌，即〈桂華曲〉。

首二句破題，以「有性靈」始，以「堪聽」終。

三句指〈桂華曲〉中一句，如題目下所示。

四句之樊家，指樊素（居易姬人）家。

二十八、樂世（一名〈六幺〉。）

管急絃繁拍漸稠，〈綠腰〉宛轉曲終頭。

誠知〈樂世〉聲聲樂，老病人聽未免愁。

首句直抒破題。

二句細寫。

三句泛論。

四句直陳，稍欠含蓄。

二十九、水調（第五遍乃五言調，調韻最切。）

五言一遍最殷勤，調少情多似有因。

不會當時翻曲意，此聲腸斷為何人？〔註249〕

按〈水調〉第五遍五言調，聲最愁苦。此曲乃隋煬帝將幸江都宮時所製成，聲韻悲切。

首二句把〈水調〉的特色都交代清楚了。「似有因」似故布疑局。

〔註248〕頁 2453，下一首同此。

〔註249〕頁 2454。

三句一轉：由二句後半引出，謂不懂當時作曲之意。

四句乃不解之內涵：斷腸之曲爲誰而作？

由「殷勤」、「情多」、「不會……意」到「腸斷」，本乃一脈相承，卻寫得恰似一波三折。

三十、想夫憐（王維右丞詞云：「秦川一半夕陽開。」此句尤佳。）

玉管朱絃莫急催，容聽歌送十分盃。

長愛〈夫憐〉第二句，請君重唱夕陽開。〔註250〕

此詩約作於開成四年（839）至會昌二年（842），居易在洛陽。

想夫憐，又名〈相府蓮〉。王儉爲南齊相，一時所辟皆名之士，時人以入儉府爲入蓮花池，謂如紅蓮映綠水。今號「蓮幕」者，自儉始。其後語訛爲「想夫憐」。

首二句暗示此曲悠遊自在，不求促迫，最好以十分盃伴之。

三句謂最可愛者爲第二句，即「秦川一半夕陽開。」

四句續成之。「請君重唱」，喻其動聽也。

三十一、何滿子（開元中，滄洲有歌者何滿子，臨刑進此曲以贖死，上竟不免。）

世傳滿子是人名，臨就刑時曲始成。

一曲四詞歌八疊，從頭便是斷腸聲。〔註251〕

此詩約作於開成四年到會昌二年間。下一首同此。

按：唐文宗時宮人沈阿翹爲帝舞〈何滿子〉，調辭風態，率皆宛暢，可見此亦舞曲。

四詞歌八疊，謂絕句四句，唱時各句重複一次也。

首二句檃栝詩之副題。

三句表明唱法。

四句說清韻調：又是斷腸聲。

〔註250〕頁 2455。
〔註251〕頁 2457。

三十二、離別難詞

　　綠楊陌上送行人，馬去車迴一望塵。

　　不覺別時紅淚盡，歸來無可可霑巾。〔註252〕

　　離別難，武后朝有一士人陷冤獄，抄其家，妻配入掖庭，善吹觱栗，乃援此曲以寄情。初名〈三郎神〉，蓋取良人第行也。後三易名。

　　首句破題：以綠楊陌著色。

　　次句繼：車、馬、塵，意足於此。

　　三句紅淚遙應一句之綠楊，淚應二句之塵。

　　四句：歸來無可奈何，仍以淚水霑巾。轉、合之間密不可分。

　　以上三十二首音樂詩，大致包含五類：

　　一、琴聲：最多，變化亦較夥。

　　二、聲樂：次多，且多涉及歌者。

　　三、琵琶。

　　四、簫。

　　五、觱栗。

　　其中後二者僅一見。

　　各詩描寫音樂本身及樂器之篇幅較少，形容樂聲歌音引發之感情者居多。有時涉及歌者、樂手及欣賞者之間的關係。亦有頌讚古樂者。比起樂府長篇〈琵琶行〉來，遜色多矣。

拾貳、閨怨

一、傷春詞

　　深淺簷花千萬枝，碧紗窗外囀黃鸝。

　　殘粧含淚下簾坐，盡日傷春春不知。〔註253〕

　　此詩約作於長慶三年（823）以前，下一首同此。

　　首句破題：先解「春」字：「千萬枝」言其繁盛，「深淺」狀其多姿。

〔註252〕頁 2459。

〔註253〕頁 1221，下一首同此。

次句增益之。

三句寫怨婦風姿。四句切題而抒，妙在後三字：「春不知」，良人亦不知乎！

二、後宮詞

淚盡羅巾夢不成，夜深前殿按歌聲。

紅顏未老恩先斷，斜倚薰籠坐到明。

首句二義：淚盡、夢不成。

次句足成之，共申題旨。

三句直抒可憐之狀。蓋年老色衰寵斷，乃人間恆情，今紅顏未老而恩已斷，情何以堪！

四句寫實：薰籠暖不了怨女之心也。

三、後宮詞

雨露由來一點恩，爭能遍布及千門？

三千宮女燕脂面，幾箇春來無淚痕！〔註254〕

此詩作於長慶元年（821），居易五十歲，居長安，任主客郎中、知制誥。

首句破題，雨露一點恩，甚是妙思。

二句直接上句，甚為有力。

三句「三千」又見，「燕脂面」甚簡截。

四句一語驚人：春來時，幾個宮女無淚痕？千中之一二耳！

此詩代宮女鳴不平，充滿溫馨之情。

四、思婦眉

春風搖蕩自東來，折盡櫻桃綻盡眉。

唯餘思婦愁眉結，無限春風吹不開。〔註255〕

此詩約作於元和十一年（816）至長慶二年（822）。

〔註254〕頁1242。

〔註255〕頁1301。

首句以春風東來起興。

次句一轉：折盡、綻盡。櫻桃與梅，春之代辭耳。

三句再轉：反面抒寫：思婦心中多怨，故眉頭恆久不展。

四句更以春風作結：「吹不開」正應首句之「自東來」之「搖蕩」。

四句週旋迴盪，效果卓著。

五、寒閨怨

　寒月沈沈洞房靜，眞珠簾外梧桐影。

　秋霜欲下手先知，燈底裁縫剪刀冷。〔註256〕

此詩約作於元和十一年（816）至長慶二年（822）。

首句寫寒閨，以寒月爲襯墊。

次句補足之，並以梧桐作陪。

三句引出兇手「秋霜」來。

四句剪刀冷，兼併三局之手冷。

四句一貫，冷到底，怨到底，詩中卻不著「怨」字。

六、閨婦

　斜憑繡牀愁不動，紅綃帶緩綠鬟低。

　遼陽春盡無消息，夜合花前日又西。〔註257〕

此詩約亦作于元和十一年至長慶二年。

首句寫出閨婦形象，次句補足之，卻使出大紅大綠字樣，以反襯其閨中寂寞。

三句示知良人乃戍者，春盡無消息，情不可堪！

四句引出夜合花，暗示其寂寥無依。「日又西」更增其勢。

七、春詞

　低花樹映小粧樓，春入眉心兩點愁。

　斜倚欄干臂鸚鵡，思量何事不迴頭？〔註258〕

〔註256〕頁 1302。

〔註257〕頁 1305。

〔註258〕頁 1770。

此詩作于大和三年（829），居易五十八歲，在長安。

首句寫背景，次句寫春情。

三句「斜倚欄干」與首句「小粧樓」相應。轉出一鸚鵡，且以臂爲動詞。

四句一合作結：春婦何事愁苦，不肯回頭一顧？

唯鸚鵡相伴，聊解相思寂寞之苦。

此詩較爲含蓄。

以上七首閨怨詩，有以下六個特色：

一、一律以怨婦怨女爲主角，主要是一般家庭閨婦，亦有宮女。

二、多半以春季爲背景，正合吾邦「春怨」之抒情傳統。

三、著墨不多，怨情之情卻顯著流露，只有少數作品較爲含蓄。

四、有些交代良人遠戍，有些則含糊其詞。

五、偶用比興，多屬賦體。

六、時用外物爲襯，如月光、珠簾、梧桐、東風、鸚鵡等。

總　論

一、白居易的絕句共七百多首，五絕少於七絕。

二、白居易的絕句量多，質則半精半平。

三、白之絕句仍以平易近人爲主要風格。有些作品如話家常。

四、白之絕句甚少晦澀者，只有少數幾例中有一二句比較曖昧。

五、白之絕句多以白描、直抒爲主。

六、白之絕句偶用比興，適可而止。偶然亦會運用妙喻或奇喻。

七、白之絕句較少用典，尤罕僻典。

八、白之絕句題材尙稱寬闊。

九、白之絕句亦不免有若干題材、意境重複處，如詩酒風流、懷舊
　　友、詠愁思等。

十、白之絕句中，歡樂、達觀之情感佔上風，悲愁之什也不少，但
　　甚少有悲劇性之呈現。

十一、白之絕句有精彩惑人者，亦有信手敷陳者。

十二、大體說來，白之絕句以詠人（含贈人、和人、答人、寫人）及
　　　寫景、生活詩爲最大宗。

十三、白居易交遊廣，用情深，而且常把下屬也當朋友，因此吟詠友
　　　誼之作，年年月月絡繹不絕。

十四、有時亦不免爲湊韻而度出弱句、敗筆來。

十五、白之絕句中亦有少數代言之作。

十六、在古體、樂府中屢見的諷諭詩，在絕句中甚少見到，大概因為諷諭之作，篇幅太小不易著力，不易暢所欲言。

十七、白居易的絕句有瀟灑若翩翩少年者，亦有莊穆若嚴肅長者者。

十八、居易除在中央任官外，屢遷南北各地，常因當地風物人情而多作（如杭州、蘇州、江州、忠州）。

十九、絕句字少句寡，較易一揮而就，故居易集中有不少組詩。

二十、白居易的絕句多為中品之作，上品十居一二，中下之作亦十居一二。